被切除

向春 ●著

天津出版传媒集团

百花文艺出版社

图书在版编目（ＣＩＰ）数据

被切除 / 向春著. —— 天津：百花文艺出版社，2018.3

ISBN 978-7-5306-7460-4

Ⅰ.①被… Ⅱ.①向… Ⅲ.①长篇小说-中国-当代 Ⅳ.①I247.5

中国版本图书馆CIP数据核字(2017)第313501号

选题策划：韩新枝　　　　　装帧设计：郭亚红
责任编辑：刘升盈　饶霁琳

------

出版发行：百花文艺出版社
地址：天津市和平区西康路 35 号　邮编：300051
电话传真：+86-22-23332651（发行部）
　　　　　+86-22-23332656（总编室）
　　　　　+86-22-23332478（邮购部）
主页：http://www.baihuawenyi.com
印刷：天津海顺印业包装有限公司分公司
开本：787×1092毫米　　1/32
字数：113 千字
印张：7.5
版次：2018 年 3 月第 1 版
印次：2018 年 3 月第 1 次印刷
定价：34.00元

# 太阳的背面

　　家里的阳台上养着一盆绒兰。绒兰是多年生草本,叶椭圆形,叶表的绒毛令人想到少女的脸腮。它的花不惊艳,黄,碎,无味,不知道啥时候就开了。花期特别长,要经过一季,不知道啥时候就谢了。它是善解人意的,没有一惊一乍,也不叫人惋惜。有一阵,绒兰的花盆里突然长出了几枝三叶草,我不知道这三叶草是从哪里来的,我家里并没有养三叶草。可能是风刮来的。真的,就是风刮来的。可是三叶草越长越多了,竟然把绒兰埋了。我想我是养绒兰的不是养三叶草的,这样下去三叶草会夺去绒兰的养分,绒兰会枯的。于是我对三叶草下了手,拔了,扔了。后来我不断地薅,它不断地长。我想了个办法,把花盆里的土换了,把绒兰的根用水冲了,毕其功于一役,我想应该是釜底抽薪了。可是没过多久,三叶草又长出来了。

一种生物，一旦出现了，生根了，开花了，结果了，就很难从这个世界消失。物竞天择，这是它的权利，也是它的宿命。

比如癌，它是人类进化的产物，它和人类与生俱来。癌的产生缘于基因突变，DNA 在复制的过程中失去控制，那些失控的细胞成倍裂变，迅速壮大，侵害人体重要器官，抢夺人体营养，将人置于死地。人死了，癌细胞无所依附，也就死了。就是说，癌从人体正常细胞中产生，打个比方，羊和另外一只羊，变异的羊。当它发展到一定程度的时候，远远要比正常细胞强大，羊就变成了狼，那么羊自然不能成为狼的对手了。癌是强大的，甚至可以不死，据说一个非洲妇女的癌细胞被置于适合生长的营养液里，在这个妇女死去多少年后，她的癌细胞还活着。如何能让羊不变成狼，就要早发现，早发现是战胜癌细胞的最重要的条件。

癌的产生是因为基因突变，那怎么样才能让基因不突变呢？在基因突变的过程中，70%是随机的，是天注定的，没有任何办法防御，30%是由于遗传和生活方式导致的突变。在这 30%里，人对遗传基本上是无能为力，只有剩下的比例很小的生活方式，可以由人把控。比如我们可以生活规律，情志顺畅，尊重身体，规范行为,但是,难道我们能把控食物和空气以及生活遭遇对人的打击?不能!所以,癌症之于人类,尤其对于个体的人,防不胜防。

从呱呱坠地开始,我们面前就摆着四样东西:生老病死。出生的场景几乎都是一样的,而死去,则各有各的不同,我们大多会被动地选择一种方式死亡。如果不能选择奢侈的寿终正寝,因癌而死我认为不是最坏的方式。死于天灾人祸,心脑血管病的瞬间亡故,跟亲人没说一句话,所有放心不下的事情还没有交代,咋死的自己都不知道,这是最不负责任的死法。癌症是慢性病,从基因突变到长成肿瘤平均在六年的时间,因此它也是慢死亡。慢死亡的积极因素是,对于本人和亲人都有个缓冲期。一个人离开这个世界时,放不下的不是这个世界,而是自己的亲人,不要让亲人太难过,是每一个死者的愿望。既然这样,因癌而死就不是最坏的方式,癌症也不是最坏的病。如果是早期,对人生还有积极意义,既对生命的威胁小,还会警示你珍爱太阳升起的每一个日子,疼惜你身边的每一个人。

人类进入癌症高发期,除了环境的因素,还有很重要的一点,就是人类的老龄化。任何东西旧了就会老化,就会出错,基因复制也是如此。年龄越大患癌的概率越大。对于一个人,癌症出现的节点越迟越好,年龄大了细胞增殖的速度缓慢。而一个年轻人得了癌症,不管早期还是晚期,最坏的指标就是年轻。在老龄化社会到来的今天,癌症,其实是一个新常态,每一个人都应该有一些准备。真来了的时候,天降大任于斯人,不能慌张,更不能急躁,癌症不是一天得的,也不能一天就治好,不要立即就对病灶举起屠刀。如果方向错了,会离你的初衷越来越远。到三家以上的三甲医院去确诊,选择最适合自己的治疗方案。医生的话得听,你是医院治疗流水线上的一个个体,医生会给你归类,但不可能为每一个人量身定做。而对于家人甚至这个世界,你是唯一的,你要找到最适合你的最好的甚至是唯一针对你的治疗方案。你要博采众长,把医生的建议和知识带进内心,用你自己的心去衡量,体会这些建议和知识是否跟你的身体有共鸣,从而摸索出最适合自己疾病的治疗方式和心理方式。治疗的程度既不能过也不能欠,说实在的,这有难度,需要大智慧,真正用心了,你才能接近你身体和疾病的真相。这个事情必须你自己做,没有人能替代,只有自己知道自己身体的语言。久病成医,病人最终变成了医生那才是好病人。

癌症是一种身心疾病，心理健康至关重要。疾病来到某一个人身上绝非偶然。人有一个物质体，一个精神体，这个躯壳要接受大自然的水谷精微，也要接受来自精神层面的喜怒哀乐。这些东西表达在你的身体上，出现了堵塞，那就是疾病。如何让身体通畅无阻，思想上"想得通"，是我们对我们自身要负的最起码的责任。一旦疾病来了，不要妄自菲薄，觉得自己的哪些行为不检点导致了疾病。更不要抱怨，自己没有什么不良行为，为什么得病的偏偏是自己。健康和疾病像人和影子，像太阳的正面和背面。人得病了，只是走到了太阳的背面。太阳的背面不是黑夜，更不是地狱。不管眼前的路长还是短，我们还是不要忘记看美丽的风景，听天籁之音，品味蔬谷甘饴，更不能忘记对你的亲人，对一切善意的人表达你的爱，继续掏出你的心，因为接受和理解当下的疾病和生活才是真正的治疗途径。

全世界投入了大量的人力和财力，研究攻克癌症的药物和方法，它已然成为人类的公敌。在我看来，癌症是不可能被消灭的。从来没有一种东西如癌症一样，同我们人类有着如此胶着的关系，同源，近亲，朋友，敌人，甚至就是我们自己。有一种说法，企图改变人类的基因遏止癌症的发生,试想,如果人类的基因改变了,那人类还是人类吗？如果我们变成了另一个物种,这是我们人类的初衷吗?我想象,最好的情形是,我们与我们的近亲、朋友、敌人甚至就是我们自身,共存,共生。就像绒兰和三叶草,此消彼长,互相和解,和而不同,美美与共。这个世界所有事物都需要平衡,这是生存的至高境界。

有人说我心态好,有人说我坚强。其实所有的从容都因为暂时还没有受到生命威胁。如果一个人知道自己的生命只有八个月了,哪怕还有五年,那他也做不到视死如归,贪生怕死是人的本能。我也经过了所有癌症患者必经的历程,天塌地陷,捶胸顿足,怨天尤人,寻死觅活。漫长的治疗后最终又活转过来,感叹活着真好,迅速把刚刚遭过的罪都忘记了,高兴到天真无邪傻不拉几。活着是硬道理！有一天我发现,我可以跳出来,从身体里跳出来,反观那个人,洞若观火。突然就明白了,父母给了我们身体,我们维护它保养它甚至塑造它,让它与众不同的样子与你与众不同的灵魂匹配。可是患癌后,放化疗后,你的身体其实不再是爹妈给的那个物体,你发现你的直发变成了鬈发,眼珠的颜色跟以前也不一样了。这只是表象,更重要的是你的内分泌、微循环、思维方式、情感取向，甚至世界观跟以前不一样了。此时，你已经成了自己身体的创造者。此时你和你的父母才变成了真正的同伙，甚至合二为一。

我们有两个年龄，一个是生理年龄，一个是新生年龄，我的新生年龄五岁了。新生年龄越大，说明我们离危险越远了，所以，我像个孩子一样喜欢过年，一进腊月赶紧买新衣服，在镜子前试来试去。我仿佛活了两辈子，过了两个人生，占大便宜了，嘻嘻。

我已经完全接受了这件事情。有朋友和朋友的朋友来向我咨询相关的事情，我帮人家看免疫组化报告，给人家提供治疗参考，头头是道，煞有介事，并且焦急，怕人家走弯路，怕人家花冤枉钱。好像我是个成功人士，把我所有的经验一股脑端出来让人家借鉴，在这个事情上我是相当的好为人师。

只是对我家乡的人讳莫如深。这里我有一点顾虑，就是怕传到我父母亲的耳朵里。2016年春节后我离开我家乡河套平原，我在微信朋友圈写道："离开我的家乡河套平原。我父亲八十六岁，母亲七十九岁，母亲偏瘫三十年，父亲照顾母亲三十年。父亲经常骑着这辆三轮电动车，后面带着母亲，逛街，看二人台，散心，碰熟人。希望天上的风雨不要吹打我的父母亲，地上飞驰的车辆不要碰撞我的父母亲。如果我的父母亲遇到困难，伸出手来帮扶一把——乌拉特前旗的父老乡亲们，拜托你们了。"可怜天下父母心，在他们有生之年千万不要知道我的事情。

癌症既然不是最坏的病，癌症患者就不是最倒霉的人。既然得不得癌症自我无法把控，也不要过分谴责自己，更不要无端地抱怨他人。为什么是我呢？为什么不能是你？谁都有可能，现在没有不等于以后没有，它时刻可能就在路上走着呢。

人都是要死的，不得癌症也是要死的。清晨，我在黄河边看黄河，黄河水的颜色、厚度、翻滚的方式，怎么看都像我家乡的一锅奶茶。回到家，我熬好一锅奶茶，怎么看都像一锅黄河。兰州在黄河的上游，河套平原在黄河的中上游，我的归宿就在黄河里。早晚有一天，我会从兰州返程，像几十年前从河套平原启程到兰州，返程时经过了我美好的一生。我经过白银、青铜峡、银川、磴口、临河、乌拉特前旗，我慢慢地，不用再着急了。我家乡的亲人会感觉到，那个流浪几十年的写了《河套平原》的女子回来了。

生是一场修为，死是一场艺术。每一个人身上都有一场壮丽的生死,挺好的!

东拉西扯,是为序。

2017 年 7 月兰州

# 目 录

被切除

# 1. 妇女保健医院

眼前这乌泱泱的人群，穿着五颜六色的衣服，提着花红柳绿的包。女人的包尤其大，仿佛把一个家装在里面，累了能跳进去睡一觉。

我的工作是做色彩设计。色彩学中的色相，是一个名词，就是色彩的相貌，红的还是黄的。佛教中的色相指红尘万象，看得见的看不见的似有似无的亦色亦空的不二世界。而在我们触手可及的俗世中，色相指女人的姿色，或者就是女人本身，毫不讲理地贬义了。

我放眼望去，这些俗世中的有色相没色相的女人们，都有一个共同点，她们都长着两只乳房。不知道的人以为这是菜市场，女人们买菜呢。其实这是本市最好的一家妇女专科医院，我们在这里排队做乳腺手术。

我的前后都是像我一样的故作镇定的女人，翻看手机，顾盼左右而言他。因为不让穿胸衣，前胸嘟噜着。

因为不让化妆,加上心情焦虑,个个脸盘像没烙到火候的饼。

我丈夫在人群中一闪我就看见了,他拎着一个大包,一个肩膀低一个肩膀高,凑到我跟前,不看我也不看别人,转动着脖子仿佛在找什么人。我冲着墙壁翻了个白眼儿,无言。我挺着胸,或者做着挺胸的姿态,尽量优雅地向前伸着脖子,我不想在他面前显出疲态。

前几天的一个晚上,我和身后的这个男人达成口头离婚协议后,三分绝望七分憧憬地冲进卫生间洗澡,右手发现了左边乳房上的一个肿块。当时我还幽自己一默,啊,过了十多年赚了一块肉!我们决定离婚的导火索是,丈夫说他要找一个女学生给他生个孩子。我就坡下驴,做了个顺水人情,还说你想好了,不包退的。真正的原因嘛说起来话长了,一言以蔽之,两个驴嘴伸不到一个马槽里,两个犟牛摁不进一个夜壶里。第二天到医院做B超,做钼靶,诊断结果是乳腺纤维瘤,必须尽快手术。我想把手头的破事处理完,就说过一段时间行不行。医生瞪了我一眼说,不要命啦!我说不就是个纤维瘤嘛。医生说,前面的检查都是辅助判断,是什么性质只有切出来才能知道。我是个有文化的人,我明白,人心隔肚皮仪器咋能看得清呢,得拿出来看个子丑寅卯。

　　我选择了这家医院是因为这是家专科医院,医院床位紧张,虽然我们用公费医疗办了入院手续,但暂时还没有床位,什么时候有床位呢?等手术出来需要床位的人才会给予解决。那什么样的人需要床位呢?恶性肿瘤的人需要床位。良性的病人输点儿液体就可走人,第二天再来输液换药,病人也乐得这样,谁都不愿意在医院这种地方多待一分钟。听排在我前面的人说,今天共二十台手术,两台同时做。站在这里排队的,很多人站着进去躺着出来。还有一种神神道道的说法,如果哪一天第一例是恶性的,后面的多半是恶性的。所以出来一个,我们就抻着脖子想知道是良性的还是恶性的,仿佛那是我们的底牌。或者我们是一副多米诺骨牌。

　　一位护士从手术室里出来,叫了两个名字:林似锦,刘一朵。林似锦就是我,另一个刘一朵我也知道。昨天各项例行检查完毕后,主治大夫助理找患者家属谈话,我和刘一朵的家属同时进的谈话室。刘一朵的家属是一个四十来岁的男人,一条腿有残疾,软塌塌的,一迈步,就在地上画一个圈。他穿一身迷彩服,操着土话,阿么留?阿么留?意思就是怎么了。我看到办公桌上放着两张病历,年龄那一栏上都是三十六。我的那张上写着左乳肿物,另外一张上是CA。癌!我的双手顿时麻木,嘴里嗫嚅着说了什么。我有个自言自语的毛病,紧张时就会自说自话,等意识过来,也不知道自己说了什么。为这毛病我吃了不少亏,有一次说出了一个男人的名字,被我丈夫当场抓住。大夫对迷彩服男人说,明天的手术分两步,第一步局麻取出肿物,迅速进行冰冻化验,确认阳性后,接着进行二次乳腺改良根治术。大夫又重复了一遍刚才的话,问他听明白没有。迷彩服男人结结巴巴地说,那我老婆的病能治好吗?大夫说,这是国际上通用的规范治疗,把后续医药费准备好就行了,在这儿签字。男人参着两只手说,不会写字。大夫把红色印泥推向他说,手印。之后朝向我,家属没来吗?我说,我这个不严重,有话对我说吧。我心虚,用轻描淡写壮胆。大夫看了我一眼。我的眼睛里蓄满了柔情,我想让大夫看到我是个美丽的女人,我想用这个讨好,让大夫对我说的话不要太残忍,好像美貌可以成为安全的通行证。大夫抬起头来又看了我一眼,再低下头看了一眼病历说,你三十六岁?我点头。我比同龄人长得年轻,可能是因为我没有生育,或者因为天生丽质,也有的人说心地善良的人就长得年轻,这个女人的优势或者说资本让我经常照着镜子偷笑,我占了时光的大便宜。大夫说,你也是局麻取出肿物,冰冻后没事两三天就出院。暂时还没有床位,明天早上九点到手术室门前等候。不要化妆,不要穿胸衣,空腹。我说着感谢的话,突兀地上前握大夫的手,我的脚步有点儿踉跄。

我环视着周围,想感受另一个人是否存在。尽管我们一年见不了几次面,但他可以突然出现在我遇到困难的任何一个地方。我看了一眼窗外,有几棵树。通常他会站在一棵树下。

我和刘一朵同时进手术室。我穿一件蓝色亚麻外套,她穿一件明黄色的衬衣,这两种颜色让我心下一喜。蓝和黄调和是绿。绿是和平,安全,顺其自然。我看了一眼她的长相,细眉长眼,麦子皮的肤色。这个好看的女人,可怜的女人。到门口我回过头来,迷彩服男人巴巴地望着她的女人,像一只不会说话的羊。他究竟知道不知道,再从这个门出来,他的女人就跟过去全然不同了。我看了一眼我丈夫,他现在还是我的丈夫,如果不是他的身份证不翼而飞了,他声称在补办身份证,我们用十分钟的时间去民政局,一泡尿的工夫就彼此剥离了。为什么结婚和离婚在同一个地方?信誓旦旦的地方同时也是提起裤子不认账的地方，让人多不好意思。不能换一个地方吗？比如人出生时在产房，死亡时在殡仪馆。我站在门口，好像应该对他说句什么。比如要出远门，要嘱咐一句什么。他向前跨了一步，嘴半张着向我发出疑问，意思是还有什么事吗？我才注意到他穿着一件红色 T 恤，蓝色和红色调和是紫色。我想到陈旧的血色。职业病发作让我皱了一下眉头。我转过身，身子直哆嗦，自言自语地说，家里的窗户关了吗？

## 2. 丈夫

丈夫，就是妻子一丈之内的男人。我们还在一丈之外的时候，在这个世界上分别游荡，由于是同一个物种，邂逅当然成为一种可能。

二十二岁那一年，我还是服装学院的一名学生。我已经参加工作的男朋友到学校来看我，带了很多好吃的。我的男朋友喜欢摄影，他有一台尼康的长镜头照相机，吃饭的时候都挂在脖子上。于是我带着我的男朋友去师大，那里有我的中学同学蒋莱。我和蒋莱好了十几年了，两家是世交，我们无话不谈。我们曾经有约，有了男朋友一定先让对方过目。挣了工资的男朋友用自行车带着我，我手里拎着吃的。二十世纪九十年代中期中国人吃饭已不成问题，可是穷兵饿学生，对于七十年代出生的人，饥饿的隐性记忆犹在，因而嘴上的事自然是要紧的。可巧的是，蒋莱也有了男朋友，我们四个人见面后，面面相觑。

记得是蒋莱先开的口,介绍她的男朋友是数学系的,是个几何天才,同时也是文学天才。几何和文学是不搭界的,一个在左脑,一个在右脑,不过左脑和右脑都在一个脑袋里。一个双天才,比双学位还厉害。我看到那个男人一脸窘态。这是个像陈景润似的曹雪芹啊。那天我们把带来的吃的都倒腾进肚子里,还喝了一洗脸盆散啤酒。因为场面莫名其妙的尴尬,要是停下吃来,嘴就不知道该往哪儿放了。我大概有点儿醉了,自言自语地说,几何,对酒当歌,人生几何?我们四个人分手后,我男朋友的自行车后座就空了。那一刻我切断了和他的将来。如果不这么刻不容缓,那就是对良心的背叛。

我叫他几何。

蒋莱到学校来骂过我几次,无非是无耻小人婊子之类的。后来她复述同样的场景,目击者们就有点儿烦。打扫楼道的阿姨说,不过就是偷了个人嘛,那也怪你没看管好自己的东西。蒋莱正色道,是抢,是抢劫,连潘金莲都不如。我的前男友盛怒之后沉默了,他胸前挂着照相机,对我离开他的行为不能置信。

我和几何的狗屎名声不胫而走,而我们的脸上还黄金一样美好着。为了保护几何,我做出追求几何的姿态。我去学校找他,去实习的地方找他,我给自己弄了一套漂亮的行头,那是一套蜡染长裙,还有一件夸张的象骨配饰,我跳进这身行头里,闪现出匪夷所思的光辉。几何的男同学拥到走廊来看我,惊艳,惊艳,羡慕嫉妒爱啊。我们出双入对勾肩搭背,我们双手紧握,握成一枚手雷,随时准备抵御外侮。

那时我们坚信,刀找到了柄,剑找到了鞘,翅膀找到了蓝天。

有一次在大街上,几何去买雪糕,我在马路牙子上等着。突然看到几何和别人高声争执,几只胳膊在空中飞舞,我像一匹母狼冲过去,双臂护住几何。原来几何和一个人发生了冲突,那个人是我的前男友的朋友,我们有过交往。那个人不知道和几何说了什么,肯定是不友好的话,或者是侮辱我的话,几何几拳就把那个人打得头破血流。看到我,那个人吐出嘴里的鲜血说,烂货!回学校的路上,我不停地流泪,我说几何,我是处女。

那一年确实是美好的,虽然萨马兰奇宣布中国仅以两票之差丧失了2000年奥运会举办权,但是大亚湾核电站通电,海协会海基会第一次会谈,国民经济大幅增长。记得那美好的一年,改革开放让我们的国家有了翻天覆地的变化,这个变化是从色彩开始的。人们摒弃了蓝灰绿,向五彩缤纷靠近。我和几何开玩笑说,改革开放十几年,为啥你还没有钱?我们面临着毕业,所以空前地关心国家大事。我们想一毕业就结婚,所以空前地热爱钱。或者心里爱上一个人的时候,也会时刻想着钱。

几何天才留校了,有了筒子楼里两人一间的宿舍。我进本市的一家纺织企业,做色彩设计,大家简称我为林色。我们想,一有栖身之地就结婚,那我们有声有色的好日子就开始了,我们幸福在望了。

可是我听到的是原子弹的爆炸声——我的前男友自杀了。

前男友的父母悲痛欲绝,这是可以想象的,他是独生子,即使不是独生子,失去骨肉都是痛彻心扉的。我不知道用什么样的方式来安慰前男友的父母,我沮丧得也想死。我瞬间被卷进事件的中心,一场飓风来了。

在前男友的照相机的胶卷上,留下了两张不堪入目的影像。那是两张患有严重性病的男女生殖器的照片。它们无比鲜艳,盛开着的恶之花。

前男友的父母把我告上法庭,说我和前男友发生了性关系,并且把性病传染给了他,我始乱终弃后,导致前男友精神崩溃而走向绝境。他们化悲痛为力量,他们说,我儿子都死了,你还活着?

问题的核心突显在几个点上:一是照片上的生殖器是谁的。这个东西不像人的脸,有鼻子有眼可以对号。二是被告与受害者是否发生了性关系,被告是否有性病。那时候相机用的还是胶卷,柯达胶卷,底片上没有反映时间。整个胶卷上只有这两张影像,没有别的参照。从胶卷的出厂序号看,受害人购买胶卷的时间正是跟被告交往的那段时间。那只能拿出被告没有和受害人发生性关系的证明,或者被告没有性病史的证据。如果被告没有跟受害人发生过性关系,也没有性病史,受害人得性病并因此自杀就跟原告没半点儿关系。

在法庭上我出示了正规医院的体检证明,这一张纸证明我有完整的处女膜。一个处女当然不可能得性病。

站在法庭下面的人,唏嘘。那时候法庭没有审理过类似案件,旁听的人特别多。有的可能唏嘘一个年轻女子的勇气,有的也可能是唏嘘一个大学生的无耻。反正世界上什么人都有,人什么想法都有。于是原告又质疑，被告可能是一个假处女。所有的东西都有可能作假，处女为什么不能是假的呢？或者如果医生开了假证明呢？但是法律依靠的是证据。原告要求我到他们指定的医院做检查。

我坐在被告席上，仿佛被扒掉了裤子。我看到几何站在最后，遮阳帽压着半张脸。

紧接着原告把那张女性生殖器的照片洗了无数张，到处张贴。人们同情那对死了儿子的夫妇，自然把照片和一个叫林似锦的女人联系起来。

这件事情上了报纸，专家们展开了空前激烈的司法讨论，人类从来没有停止过对道德伦理和法律的纠缠。讨论的焦点是：如果双方发生了性关系，一方自杀，另一方就应该负法律责任吗？如果双方结婚了，必然是发生过性关系的，如果一方自杀，另一方应该负法律责任吗？性关系的双方都患有性病，双方都没有就医的记录，一方死亡，怎么能证明哪一方是始患者哪一方是被传染者？如果受害人相机里的女性生殖器影像与被告没有关系，原告张贴影像资料并直指被告的行为是否已经构成人身侵害？

第二次庭审时，被告拒绝在原告指定的医院进行身体检查，案件再一次在一些说不清楚的问题上胶着。这时，下面旁听的一个年轻人站起来要求发言，得到法官的批准后，这个年轻人提供了出人意料的信息。年轻人说，原告的儿子和被告谈过恋爱不假，但他自杀的原因，与原告没有关系。他自杀的真正原因是，他误入传销组织，被骗走了家里所有的钱。他入传销组织的介绍人患有性病，这位女性已被警方控制。法庭应该对事情的真相展开认真调查——他用了真相这个词。

一片哗然。

我极力想看清那个年轻人，但只看到一个背影。他的年龄大概跟我差不多。他的声音和他的背影苍凉而落寞。

前男友的父母撤诉了。这件事轰轰烈烈闹了半年之久，前男友的父母也倦怠了。从法庭出来，他们径直去了路旁的一家牛肉面馆，他们饿了。

## 3. 手术台

实际上我的眼睛一离开几何，就进入呆痴状态。我高一脚低一脚上了手术台，把骨头和肉放平，闭上眼睛待人宰割。

其实我这几天一直在掩耳盗铃。我在网上查阅了很多相关资料，三十六岁的年龄，未生育，生活不规律，熬夜，喝酒，过敏体质，抑郁，再加严重污染的空气、食品、甲醛——乳腺癌已成为世界妇女的第一杀手，以万分之二百的数量在世界蔓延。就是说一百个里就有两个。

林似锦？

三十六岁？

我点头。

你不能点头，告诉我你丈夫叫什么名字。

后来我知道这么明知故问是确认患者，同时也要考证患者思维是否正常。

我的主治大夫夯着两只戴了塑胶手套的手,飘过来,说,林似锦,别紧张,可以闭上眼睛但不要睡着,有不舒服的感觉就说话。她是温柔的,她把每天重复二十遍的话,说得像唱歌似的,真不容易。

我的主治大夫姓蒙,我有点儿害怕她。我们第一次见面就有了身体的接触——她的手放在我的乳房上,她的食指和中指像两条小蛇,凉,滑,指头肚在我的乳房上精细地转着小圈,顺时针划过整个乳腺,像地球的自转和公转那样,最后停顿在一点上。她对助手说,左乳九点。

我看到助手看着我的片子,确定我乳房上肿块的位置。所谓的左乳九点,就是把左乳当成一个钟表,九点的那个位置。我很熟悉钟表上的九点,那是我起床的时间,我睁开眼,会对墙壁上的九点打个哈欠。那个助理用笔在九点的那个地方画了一个圈,紫蓝色的。

一个绿色的屏障挡在了我的眼前。

蒙大夫说,打麻药稍微有点儿疼,忍一下。我们用的是微波刀,几乎不出血,你放松。后来我知道微波刀这东西真神,在切开的同时就在接触面上止了血。用这东西杀人肯定不管用,不流血。

打麻药没觉得疼,动刀子也没觉得疼。听得见大夫和助手聊天呢，先说了自己的孩子又说单位谁家的孩子。这时听得蒙大夫说，林似锦，别睡着。你看你这么漂亮的乳房，赶紧生孩子。我嗯了一声，表明我没有睡着。

这时蒙大夫停住了讲话，片刻工夫，她对助手说，你看这里，先不缝合，送病检。

这个时候，大夫是一个裁缝。

我全身抖动起来。我知道先不缝合是什么意思。大夫的肉眼很可能看到了让人怀疑的东西，她们一天就要做二十例手术，她们有经验。我握紧拳头，咬紧牙关，真的害怕得要死啊。等待那个该死的化验结果，那或许是一份死亡通知书。大概二十分钟的时间，对于我来说比十二年长。

我和几何结婚十二年，一直没有要孩子。说起来就话长了。几何长得高大帅气冷峻，他双目炯炯有神，苏格拉底式的额头闪烁智慧之光。在我出入医院和法庭的半年时间里，他的眼光几乎没有和我对接。对方撤诉后，我的过失基本上定位了，那就是前男友因为失恋而自暴自弃，误入传销组织，又和上线有了性关系染上性病，最终自杀。我没有直接的责任，我以为我把自己洗清了。那个时候谈恋爱就要结婚，于是我们匆匆忙忙地把两张床摆在了一起。我们没有婚礼，没有洞房花烛夜，没有祝福，也没有蜜月。第一个晚上，我们几乎没说什么，洗洗睡吧，他就熄了灯。我等了很久，没听见他的动静。我撩开他的被窝，他打着一只手电筒，转魔方呢。我说，你不想证明我是处女吗？他突然把被子几乎掀到房顶上，赤裸裸地说，处女，处女，全世界的人都知道你是处女！

我知道，法庭上的几个回合，每次都在说着被告的处女膜，这个私密的东西被挑在光天化日之下，被晒太阳，这让几何多么尴尬。我们之间不仅横着一条命，而且横着那个给人无限想象的处女膜，还有原告想强加给我的丑陋糜烂的女性生殖器。这一切都是我的错，而几何是无辜的，甚至也是一个受害者。他克服不了对我身体的嫌恶。

可是床已经摆到了一起。他看了一本什么夫妻之道的书，说亚洲人一周过两次夫妻生活为宜，他根据我的经期定了星期二和六。二和六以外的时间，他卷了被子蒙头大睡，我的身子往他这边凑一下，他就会躲一下。没多久我怀孕了。几何非常喜欢孩子，他痴迷动画，与他热爱孩子有密切的关系。我们俩骑着自行车去医院做检查，我骑在前面，被一个冒失的人撞倒了，我下意识地抱肚子，两脚朝天。这个姿势确实不雅观，我看到，几何装着不认识我，快速蹬着自行车走了。我不能要这个孩子，我没有准备好，我怕生下来一个孤儿，至少可能会是单亲。小的时候我家的旁边就是一家孤儿院，那些可怜的孩子没爹没娘，好像从石头缝里蹦出来的。更可恶的是孤儿院外面还用铁丝网围着，像个监狱。我不能错上加错，我要做掉这个孩子。做出这个决定时，我正设计好一款鹅黄花蕊面料，这款设计的灵感来自于我肚子里的孩子。眼泪模糊了我的双眼。我打电话通知了他，就骑着自行车去医院。我骑得很慢，希望他能追过来，改变我的决定。可是没有。去了医院，手术排在了第二天。回到家，身心疲惫，想躺到床上歇口气。听得厨房里有水声，我想，他以为我手术了，会给我煮点儿粥。如果他给我端一碗粥，我就留下我的孩子。接着他就端过来一盆凉水，直接泼到了我的身上。第二天早上，我正式把孩子从我的肚子里拿出来。心死了一次。可是心这个东西很奇怪，一次半次是死不透的，像一种菌，环境好了就又活了。

我听到门口有人喊，林似锦的家属，林似锦的家属——

我眼前的屏障取开了，我的胸前裹着一圈纱布，像一个白色的抹胸。蒙大夫伸出手来摸了一下我的脸说,林似锦,你的手术需要扩大一点儿范围,现在护士推你到心理安慰室,你和家属商量一下。

后来我知道,所谓扩大一点儿的那个范围是半个胸部。

狼来了。我从床上跳下来,让狼叼了一口那样干号。我抱着前胸往外冲,两眼漆黑,我找不到门,几次撞在墙上。我喊着,找我丈夫,找我丈夫。两个护士架着我把我按到隔壁房间的一把椅子上,几何扑进来。

他躬下身子连同椅子一起抱住我。

我们已经很久没有拥抱了,尽管这是一个有名无实的动作,还是令我魂归七窍。

我说,重新去化验,肯定是弄错了,你快去,我要求重新化验。我声嘶力竭。

他说,这个问题我已经求证过了,不会有错的。现在问题很简单,切除患侧乳房连同腋下淋巴。时间就是生命,不能耽搁。

显然大夫已经和他沟通过了,他用的是大夫的口气。

我说不,如果切乳房,那就让我去死。我像刘胡兰那样挺起了胸,誓与乳房共存亡。

他无语，无奈，脸憋得通红，平时生气时就这个样子。他蹲下来伏在我的双腿上，求求你了，活着，活下来。以后我倒垃圾我擦地板我刷马桶我做饭我刷碗……

我们从交往到结婚十几年了，他从来没有对我妥协过。即使是新婚，我说你不洗澡就不要到床上睡，那他就去睡沙发。我说你不擦地板就不要吃饭，他就借上同事的钱下馆子。我哭得死去活来，他说哭得天塌下来也没有用，你错了就是错了。总之他从来不向我低下他的头颅，他认为听老婆的话就是怕老婆，他平生最看不起的就是怕老婆的货。

他的举动给我一个暗示，我要死了。我想起我的父母，他们给我的生命，我没有看管好，我走在他们的前面是最大的不孝。我想起我的工作间，我的色相环，想起我喜欢的每一个颜色。我走到了深蓝地带，一个陷阱的边缘，再往前走就是黑。

我推开他，哪来的那么大的力气，胸前的纱布渗出了血。我又往外冲，脑袋撞在门框上，头顶上嗡地飞起一群麻雀。我要回家，尽管十二年来我漂泊在这个家里，但是我想回家，家才是我想要的地方。

我被抱上推床，被几只胳膊摁住，嗡嗡嗡地向前走。走廊上的天花板向后退去。我的眼睛捉住他，我心里在喊，救救我，救救我。我的手从他的手里脱出的那一刻，完了——双扇门合上的一瞬，我意识到了这也许是一次离别，永别，诀别，我双手抓紧床沿，用脖子挺着脑袋，看着他，绝望地呼喊:我爱你!

说别的已经来不及了，这是最简单的三个字。我想说，我曾经爱过你。如果我能活着出来，我还不想放弃爱。

## 4. 妻子

话说做人妻之后,我才发现,做妻子是个力气活儿。

一个女人没有和一个男人睡在一个被窝里,你就根本不算认识他。几何和所有的天才一样,是生活的低能儿。他生活的能力也就是刚好能自理的程度,也就是说自己会吃饭,会穿衣服,会上厕所,会睡觉,至于洗衣啊做饭啊购物啊通通与他无关,他甚至不会开洗衣机不会开空调不会用天然气。我擦地板时,他甩着两只长胳膊在十几平方米的房间里走动。他说,人与拖把和地面形成稳定的三角形,这是我们家庭的形态,所以有家就要擦地板。折叠式防盗门充分利用菱形四边形的不稳定性而节省了空间,这个东西是可有可无的,君子不用防,小人防不住。有几何才有物体,有物体形状才有立方体,有立方体才有深度。我想一个有才华的人是与众不同的,是遗世独立的,是四体不勤的,油盐不进的。这不就是我看上他并全力以赴嫁给他的初衷吗?我不能种了芭蕉又怨芭蕉。

我们是夫妻,天底下夫妻要做的事我们都要做。比如蜜月,是互相进入对方逐渐密切起来的一个月,人要通过身体获取快感,并从快感中学习亲密和依恋。良好的开头是成功的一半。可是他迷上了魔方,他玩得手都抽了筋,如果在后半夜魔方的拼色成功了,他就掀开我的被子。我说你去冲澡,他说不冲,我说不冲不行,他转身就走,又去玩魔方。我们从来没有看过对方的私密处长得什么样。黑灯瞎火地身体凑到一起的时候,从来不说一句话。大概往墙里砸一根钉子的工夫,事情结束了。我想男人是要调教的,好像有人说过,妻子是丈夫的第二个母亲。相夫,要从最微小的事情做起,比如说如何与人亲近。在他看上去心情喜悦的时候,我嗫嚅着说,在床上的时候……其实我一张嘴就感觉到了不合时宜,床上的事情床上说嘛。我看他的脸,真诚,无辜,羞赧,不谙世事。我不知所措。可怕的是,冷战,成了我们生活的常态。有时我鼓起勇气问他,你是不是不爱我啊?他的表情很惊诧。我说难道爱不要表达吗?他像孔老二那样摇头晃脑地说:"道之出口,其淡乎无味。"就是说真正的道是不能说出口的,

25

一见空气就氧化得淡出鸟来。

可我已经做了人妻。既然妻子的属性一半是母性,我就要厚道一些,宽容一些,责无旁贷一些,要勇于承担这个光荣而艰巨的任务。我想让别人说我是个好媳妇,我想让别人说几何娶了个好媳妇,我想要别人对我的评价对冲我的负债感。我进入角色相当快,所有资深妻子能做的事我马上就上手了。做家务和生孩子一样是女人的天性,是与生俱来的智慧,不用学的。从小我母亲对我们的教育是,吃亏就是占便宜,无论利益上吃亏还是体力上吃亏都是占便宜了。可是如果是心灵上吃亏了呢?不知道。他很依赖我,我很有成就感,受到成就感的鼓励,我更加精益求精。饭菜上桌了,他说,筷子呢?饺子煮熟了,他说,没有小菜吗?他不会用筷子,夹起来的菜掉在餐桌上,沾在胸脯上,于是就得不停地跟着他收拾,擦洗了桌子擦洗他。你如果胆敢让他刷个碗,最后这个碗就没有了。晚上他睡熟了,四仰八叉,半张着嘴,婴儿状。他是那么坦然,无辜,鸿蒙未开。他仿佛是一堆零件,半成品,等着我组装呢。

如果下班的时间我没回家,也没有回传呼,他就在楼下等着我,我一进楼门,一个物体就扑过来,吃啥呀?吃啥呀?我扬了扬手里拎着的菜。他可能是放心了,径直上楼,也不管我被手里的东西压得一个肩膀高一个肩膀低。最有趣的是我们一前一后回家的时候,他先进去就咣叽一声关上门,我后面上来,手里拎着菜,再掏钥匙开门。打一个不恰当的比喻,一对夫妻就是一副驴磨,一共两个角色,一个做了磨,另一个就得做驴。我就是家里的驴,我的背上拽着石磨。这两个角色可以互换吗?后来的实践证明,不可以,只能驴拉磨,怎么能磨拉驴?

只要我在家他就是安心的,他睡觉,发呆,抠脚趾,认甲骨文,说希波克拉底,谈八思巴,看尤利西斯。隔个时辰就喊一声"哎",那是我的名字,看我在不在了。

刚结婚的时候日子紧巴,应季水果买回来,先紧着我吃,他说男人不爱吃水果。可是有些来不及吃就要坏了,我要扔的时候,我不止一次地看到,他在吃那些丑陋的东西。我想他是爱我的,我得坚持。他还是个孩子,我得容他长大。我不能辜负了我们一起走过的艰难的日子,不能辜负了他的才华。我对自己说,为人要厚道!

我常常想,离开我,他吃什么呢?

我们的生活水平,停留在嘴上。

但凡女人,谈恋爱的时候都有点儿像林黛玉,希望和她的对应物多愁善感缠绵悱恻,一进入婚姻就成了薛宝钗,劝男人勤奋上进去做人上人。我也不能免俗。留校生要做两年助教才能上讲台,做助教期间他白天在家睡大觉,晚上大量阅读,他看的书又变成了四书五经先秦文学唐诗宋词元曲明清小说。我知道他是个人才,试图规劝他。他不耐烦地说,我以为你骨骼清奇非俗流。脸上现出对一个俗类女人的鄙视。

我即刻自卑。他是个天才,我是个俗人。尽管我有美貌,有善心,有灵性,有教养,但是我不如他有才华。我偏偏就臣服于才华,把有才华的人奉若神明,这是我的一个毛病。

## 5. ICU

我醒了,但我一时还无法分辨,我在哪个世界醒了,我是在阴间还是在阳界,是现在还是未来?

空气是淡紫色的,黎明的丁香,傍晚的夜合梅,淡雅,凝重。我扭动一下身子,身体在,胳膊在腿在脑袋在,有重量。我的心落下来,叹了口气。有什么东西摸索过来,暖乎乎的,握了一下我的手臂,又松开了。我吸了一口凉气,想叫,没叫出声来。我慢慢睁开眼睛,看到了白色的墙壁,淡紫色的灯光,是蓝色和淡粉结合了的那种紫,薄薄的,蜻蜓翅膀似的。我的旁边有很多的仪器,此起彼伏地闪着光,用很多的线跟我的身体连在一起。我睡在一个类似箱子的床上,像婴儿的睡床,或者就像一口没上盖的棺材。我确认,我活着。但是我已经不是过去的我了,我经过了一个轮回。我有一种强烈的感觉,我眼前的这个世界绝对不是过去的那个世界,它的味道,它的色彩,已经不是我认知的模样。我的生命重新开始了。

我听到旁边的另一声叹息。她说，鸟叫呢，画眉，燕子，鸟叫呢。我侧过脸来，微微抬起头，看到了刘一朵，她睡在另一张床上。这是我活过来后见到的第一个人，心里涌上暖流。

这时护士过来了，看我们仪器上的数字，往腋下塞温度计，一丝凉意钻到我的腋下，我感知了活着的冷暖。我努力着对护士笑一下，护士说，不要说话，体征一切正常，天亮了，你们的家属在门外等候，接你们出 ICU。

我又打量了一下这个叫 ICU 的地方，墙上没有窗户，哪来的鸟叫呢？我让心静下来仔细听，哦，原来是仪器在叫，用不同的数字图像声音报告着我们的体征，长长短短的，很悦耳。我伸出一只手，和刘一朵伸出来的手，在两床之间相握。进手术室时，我对她怀着同情的心情，没想到我和她一个样。我说，鸟叫呢，我们还活着。

接下来大概是天亮了，护士把我和刘一朵推到门口，交给了各自的家属。我看到了我的丈夫。久别重逢，只隔了一夜，我们久别重逢。我觉得他也不是过去的他了，他脸上的肌肉那么柔软，表情那么慈祥，我觉得他那么亲,如果不是身体插满了管子,我会伸出双臂。我们已经很久没有拥抱了,我们甚至就要离婚了。而此时我们的眼睛里蓄满泪水,谁也不敢看谁。他还换了一件衣服,是我去年出国时给他买的一件巴宝莉,因为这件衬衣还生了一肚子的气。他嫌我花一个月的工资买虚荣,我说钱花给狗狗也不会对人叫。不欢而散后,一个人待一个房间生气。我怕他把这件衣服扔垃圾桶,隔着门缝向客厅里瞄,我发现他正穿上那件衬衣对着镜子看呢,脸上的表情是那么喜悦。

怕眼泪流出来我闭着眼睛,听得推床嘟嘟嘟地响着。旁边刘一朵的丈夫说,大夫说手术很成功,这哈好了,这哈好了。

我和刘一朵在一个病房。几何把我抱起来放在病房的床上,沉入他双臂的那一瞬,我觉得他的身体跟过去也不一样了,仿佛谁在他的身体上赋予了情感,他的骨骼和血肉气息是那么有人情味儿。我傻了吧唧地想,病了也挺好的。

我看到了阳光,淡橘色的,液体似的,涂在我的身上。我看清楚了自己,我的胸部被纱布层层裹住,患侧的胳膊和身子紧紧绑在一起,像一只粽子,上面还压着两个沙袋。乳房像一只包子,把里边的馅儿掏出去之后,皮瓣和胸腔要黏合,要有一定的外力,那就是纱布和沙袋。这是后来听护士说的。

麻药过去后,我开始疼痛,呕吐,护士过来换液体把床碰了一下,我即刻昏厥过去。我听到几何的声音很遥远,他在指责护士,声嘶力竭。最深的疼痛像风一样,一下子就把人掀起来,在空中溃散,命若游丝。我一只手伸向空中想抓住什么,落空以后,心想,要是能死就好了。我只能侧着身子躺着,躺一会儿就想换姿势,但是一动身子就疼死过去。几何不断地找大夫找护士,他低声下气的,一脸的讨好、巴结,他知道,我的命拴在他们的身上。一个护士姑娘给我装止痛泵,她说,你忍着点儿,上止痛药影响刀口愈合。七床比你重多了,她一声都不吭。七床是刘一朵。果然我没有听到对床的任何声息,倒是她的家属靠在墙根睡觉打呼噜,山响。

再睁开眼睛时,又是一个黑夜。后来的无数个夜晚,半夜醒来,我总是要问自己,这是真的吗?手术前一晚上,我用手机拍了我的双乳。现在存在我手机里的乳房已经成了艺术品,永远没有办法在现实中再现了。

我的半个身子麻得没了知觉,我想翻个身。看到几何坐着一个板凳，头杵在我脚底下睡着了。我想用手摸摸他，够不着。我就用脚在他的脸上蹭了蹭。他突然就蹦起来，大叫一声。可能看见我还睁着眼睛，他舒了口气。

我转过脸看我的对床，昏暗的灯光下，迷彩服男人正跪在床边，手里端着碗，给媳妇喂吃的。媳妇一张嘴，他就跟着张一下嘴，还低声央求着，再吃一口，就一口。碗里可能是牛奶或者米粥，是人间烟火的香味，传到了我的鼻子里。我饿了。我竟然饿了，嗅到粮食的味道之前，我还是想死的。我说，我饿了。

几何说，活了活了，想吃东西就活了。好像之前我是死的。几何笨手笨脚地从保温盒里舀鸡汤，碰倒水杯，掉了筷子，用勺子把鸡汤喂进我嘴里。几何咂吧着嘴，仿佛他吃了香油辣水的好东西。果然吃了东西后身体里的血热乎了，我的眼珠子转动起来。我看到迷彩服男人靠在墙边，哧溜哧溜地吃老婆剩下的饭。天就亮了。

护士过来量血压测血糖，拆了尿管和身上的各种夹子管子。这是第三天，可能我们危险期过了。护士要求下床活动。由于刀口很长，必须把筋腱抻开，不然以后胳膊就抬不起来了。我们被扶起来，哆哆嗦嗦地下地,挪到走廊上活动。走廊上已经有很多的病人,都是一个姿势,纱布裹着身子和胳膊,吊着引流袋。碰面的时候,站下来,彼此点点头,无语,惺惺相惜。这让人想起渣滓洞里放风的江姐和孙明霞,用眼神互相鼓励。还有些女人是正在化疗的,露着光头,嘴里吃着什么,还呵呵笑着。我想不通,这些女人怎么还能吃得下东西,还能笑。人的承受能力是无限大的,只要命在,百炼钢化作绕指柔。想来她们刚听到这个消息时都是头撞墙的,现在她们也笑了,该吃吃该喝喝。她们退而求其次,只要活着不要太难受就行了。

　　接下来是换药。我先进的治疗室。坐着,一层层揭下绷带,暴露出来的将是一个万劫不复的真相,我闭上了眼睛。比手术时还要害怕啊,比碰见鬼还要害怕啊,全身发抖。大夫说,不要紧张,最困难的时候已经过去了。我想抱着大夫痛哭,此时她是我的亲人,是我的救命恩人。闭着眼睛躺下来,清洗刀口。根据大夫的动作幅度,刀口有半尺长。大夫戴着塑胶手套的手,一寸一寸挤刀口的瘀血,又是短暂的昏厥。蒙眬中大夫又把我裹起来。下了床我睁开眼,骨架要散了,抖得迈不动腿,头上的房顶在旋转。我又有了死的想法。我挪动着出治疗室,刘一朵进治疗室,看着我脸色煞白,她悄悄对我说，你看了吗？

我低头看了一眼包扎好的胸部，摇摇头，眼泪涌出来。

我站在治疗室门外，疼痛再次袭来，我靠在几何的身上，气若游丝。迷彩服男人围着我们打转，很焦急，对着我说，深呼吸深呼吸，然后他自己深呼吸，气息直喷到我的脸上。见我闭上眼睛，赶紧把手里的水杯递过来让我喝口水。几何如履薄冰地护着我，不用看我就知道他皱了眉头，挡开那个人的手，拒绝他添乱。等我缓过一口气，迷彩服男人扒在门缝上，看大夫给他老婆换药。突然我听到长号一声——

啊，阿么留阿么留，你们阿么给切了？啊，你们阿么给切了？接着是水杯摔在地下的声音。

护士们跑过来试图给他解释，可是他号起来。你们没说切奶子啊，就是你，他指着蒙大夫的鼻子，你说做什么改良根治手术，手术完了就好了，就从根儿上治好了，阿么把奶子给切了？啊——

他号啕的声音太高了，动静太大了，病房里的人都出来了，围过来。

我的天哪，我咋给家里的两个娃交代哩，切了奶子还阿么做女人哩，还阿么做娘哩。你们是啥驴日的大夫哩,奶子有病就切奶子哩?那心脏有病就切心脏哩?那脖子有病就切脖子哩?脑袋有病就切脑袋哩?你们阿么不把你们的切掉哩?

我听到,女人们,可怜的女人们,被割了乳房的可怜女人们,一个,两个,一片,大放悲声。

迷彩服男人被女人们的哭声吓呆了。护士长连推带拥地要他进排扰室,他干脆一屁股坐在地上了。我示意几何扶刘一朵回病房,我伸出一只手拉迷彩服男人,他看了我一眼,有点儿不好意思地抹掉了眼泪,站起来,扶我一起回病房。

两个男人用四只手先后把我和刘一朵放倒在床上。我们的上半身不能有一点儿受力,只能侧着身子躺着,手术的这一边垫着棉被,稍不对劲就会疼死。把两个女人安顿好,男人们舒了口气。迷彩服蹲在地上,靠着墙,啜泣。

我问男人叫什么名字,刘一朵说叫赵保住。

我说赵保住,所有得这个病的人,基本都得切除乳房,切掉病源,是为了保命。你说命重要还是乳房重要?你要配合医生,也不能加重刘一朵的心理负担。

赵保住本来是蹲在墙角的,听了我的话站了起来。他看着我的胸部说,那你……

我说，我也是，刚才走廊里的那些女人们都是。

哦，他若有所思地背着手在地上走了两遭，马上释怀了，脸上明亮了。人就是这样，如果遭难的只有自己，那是万分痛苦，如果大家一起受难，心情就好多了。

那切了病就好了？

这么说吧，比如你种洋芋，其中有一株得了环腐病，你把这一株拔了，别的洋芋感染的机会就会减小。同时还要整个地打农药，防止复发。这就是后面的化疗。

赵保住听懂了，他转头对着自己的媳妇说，切了好，切了好，没有奶子了上面就不可能再长那个孽障东西了。他颠颠地去打开水，给他的女人热敷。

只有我和刘一朵在的时候，我问，你看了吗？

刘一朵说，看了，跟我想象的一样。没有多可怕。跟我们小时候没发育的时候一样，只是，只是刀口有点儿丑。我不怕难看，哪怕两个都切了，只要让我活着，看着我的两个娃长大就行了。

这个女人说话细声细气的，可是有一股能量直接传递给了我，我的恐惧似乎轻了一些。

刘一朵说，下次换药你就看，盯着看，你早晚也得看。我母亲说，你怕黑夜就盯着黑夜看，黑暗就没有了，你怕鬼就盯着有鬼的地方看，鬼就没有了。

刘一朵说话的声音很好听，有一点儿南方口音，发音部位在舌尖上。初次见到他们夫妻时我以为是父女。两个南辕北辙的人，看上去真的不般配。

这次换药的是个男大夫，手指冰凉。清理完伤口后，他对闭着眼睛咬着牙的我说，你看看，蒙大夫的手术做得多漂亮。

不知怎么我就睁开了眼。我看到，胸前趴着一条蛇。我惊恐地喊了一声，呕吐物直喷到医生的身上。

我被推回病房，死了一半。我没有力气去死，就绝食。几何找来主治大夫，就是神仙来了我也咬定不睁眼不张嘴。我的液体里加入能量和蛋白，大夫说，每位患者都有一个接受的过程，慢慢来。几何和大夫说话的口气讨好到肉麻。我从来没见过几何这么谦卑，他可能忘记自己是个天才了。

到了半夜我开始发烧，我听到护士长在训斥几何。几何本来就手笨，他的小脑发育不好，掌握平衡差，给我喂饭我不配合，他喂不进我嘴里，都洒在了床上。因为着急，他咻咻地喘气，在家里吵完架又没占着上风时他就这样喘气。他捏我的小腿，抠我的脚心，但他嘴上不舍得说一句体己的话。后来我感觉到他不在我身边了，我动了动脚，没触到他毛茸茸的脑袋。我有点儿心慌，我可能被放弃了，我叹了口气。赵保住过来了，双手托起我的后背，让我改变了一点儿睡姿。拧了热毛巾，敷在我的胳膊上。我睁开眼，刘一朵坐在我的旁边，一只手迟迟疑疑地伸过来，笑。她真会笑，笑得真好看。

她的笑让我的眼泪涌出眼眶。

刘一朵说，你长得真好看。站在旁边的男人赶忙附和着说，就是，你长得真好看。

我对赵保住说，你找了个好媳妇，长得比我好看。

赵保住脸红了，支吾着说，嗯，就是会说个普通话嘛。他的话把我惹笑了。

刘一朵说，大夫说了，你一点儿都不严重，很快就会好的。我比较麻烦，发现得太晚了。但是只要活一天，我都是高兴的，我能看着我的两个娃一天天长大。只要太阳出来，我就要睁开眼睛，能看到天是蓝的树叶是绿的，多好啊。

是啊，天是蓝的，树叶是绿的，就这么一点儿小小的要求。

又是一个早晨，太阳光斜射在我的身上，像一层橘粉。太阳升起了，太阳照常升起，我不知道，这一天是谁给我的。

几何从外面进来,手里提了很多东西。他端着八宝粥说,我做的,你信不信? 从网上学的。他还从包里拉出我的衣服,一件件抖开,有连衣裙,还有礼服、高跟鞋。最后拿出来的是两个文胸,一个银灰色,一个湖绿色。他说,好一些了就穿上,里边塞上一些东西,根本看不出来。赵保住也凑热闹说,塞个馒头合适。大家傻笑起来。

我和刘一朵喝着八宝粥,夸着几何的手艺。粮食真是个好东西,它可以变成营养,滋养身体。身体真是个好东西,它可以能量转换,容纳生命。

我自言自语地说,我的那只乳房放在哪儿了?

赵保住的耳朵真灵,他把别在耳根上的一支香烟在桌子上蹾了蹾说,肯定和我媳妇的在一搭里哩,你们俩是同时切的奶子嘛。

几何瞪了一眼赵保住。他凑近我,很小的声音对我说,管它放在哪儿呢,你以前乳房也不好看,我根本不喜欢。

在我听来,几何说了一句惊世骇俗的体己话。

## 6. 几何天才

数学系的几何要转系,他要到中文系当老师。数学系当然不同意,新生一入学,有两门高等数学等着他代呢。他不管这些,他到中文系的教学楼上办文学讲座,场场爆满。他讲的是《李贺的几何生活》《亚里士多德与孔孟之道》。中文系的学生开始联名向院里要几何给他们讲课,不然就罢听现有老师的课。转系其实是个简单的事情,人事关系在学校人事处,很简单,可是对于以后评职称要受一些影响。中文系表态愿意接收,只是古典文学的老师人满为患。古代汉语缺人,古代汉语枯燥,老师们不愿意讲。几何放言愿意承担中文系所有的课程。就这样几何天才开始讲授《说文解字》,讲甲骨文,听课的学生挤满了走廊。他一身布衣穿梭在中文系教学楼,俨然陈寅恪或者钱锺书,让中文系老师们的脸上时常现出尴尬。那一阵中文系的学术风气甚浓,老教授们著作等身,睡在上面也没问题了。年轻教师争相发表论文,为评职称做准备。这是几何的软肋,他一篇论文都没有见诸官方核心刊物。以后的多年里他不评职称,因为他拒绝考英语,拒绝写论文,拒绝学计算机。后来更是滑稽,发表论文要给刊物缴钱,这种教育体制超出了人类的想象,提到这事,几何无比气愤,仿佛自己受到了凌辱。除了有课,他昏然大睡,阴阳颠倒,不知今夕何夕。除了吃饭,他不知道自己是个有老婆的人。

世纪末,纺织企业纷纷倒闭。这给了我一个机会,我介入了服装设计行业,凭借良好的艺术素养,很快就成了一家知名品牌的设计师。大家不叫我林色了,改叫林设。

我的谦和、开朗、善意、义气,再加上好看,因和周围的人融洽而显得很有气场。逐渐地我开始不想回家,一到家门口腿里就灌了铅,心思黯淡。我的应酬多了起来,我包了饺子蒸了包子放冰箱,一走了之。可是在应酬的中间,会接到他的电话,他在指责,比如他煮饺子烟在锅底了,电视机的电源没有关,他看的书被我合上了,他的什么东西找不着了,我唯唯诺诺应付着,护着一个女人的面子。我知道他找碴儿,因为他不快乐。

我以他为骄傲这种情绪没维持几年,后来不能不厌倦。我要的是正常的婚姻和生活。他对于我始终是神秘的,我对这种神秘充满了敬意也充满了敌意。不过我马上就明白了,神秘其实就是对一个人的陌生感,神秘本身毫无意义。一旦进入婚姻,没有天才,也没有美人,只有夫妻,只有生活。而我的生活是不快乐的,这种不快乐来自于他的不快乐。人作为一个生命个体,是由很多因素组成的,比如品质、才华、智慧、性情、性格、责任、认知、生存能力、爱的能力、相融的能力,等等,而我们之间欠缺的很多,我们是两张皮,羊肉贴不在牛身上。他不会爱。爱是人的天性,世界上有不会爱的人吗?吃饭是人的天性,睡觉是人的天性,可是就有不会吃饭的人有不会睡觉的人,那是一些病人。我也把几何当成一个病人,那治病的医生就是我。

我试图理解他的不快乐,在学校里,他的课讲得当然是没的说,在学生们的渲染下,得罪了很多老师。他经常迟到,穿着拖鞋上课,没有教案,板书一半的内容别人不认识。学年考核的时候,几个硬性指标都不合格,无记名考核打分,他的分数最低。一些学术会议,只有具备相应职称的或者在相应学术刊物上发表论文的才能参加,他被拒之门外。他被边缘化了。我下班回来，看他蔫头耷脑地坐在沙发上，没有开灯也没有开电视，通常下班的时间正播放动画片，他看得一脸傻笑直掉口水。我进洗手间他跟进洗手间，我进厨房他跟进厨房，我说怎么啦，要吃奶吗？他一脸苦笑说，考核不及格。他像一个做错事的孩子，简直要哭了。我一拍他的肩膀说，我以为钱包丢了呢，多大的事。他上来抱住我，找到知音了。我趁机说，擦擦地板吧。

第二天一大早，几何还在四仰八叉地睡觉，我就杀到了他的系里。为了给自己壮胆，我精心收拾了一番。我穿了高档职业装，一半妖娆一半干练。我让他们看到，能娶上这样老婆的男人不是天才还能是什么。在系领导办公室，我力陈当下中国教育的弊端，力挺几何的教学方法。最后我说，现下这一套评估大学教师职称的指标是一个天大的笑话，前无古人后无来者。你们不是大学，是养鸡场，你们养的鸡下的是一模一样的蛋。在教育界，意识形态导致腐败，绝对的意识形态导致绝对的腐败。

这件事在几何的系里沸沸扬扬了一阵子。我以为给几何挣来了面子，可是几何冷着脸对我说，以后别到我系里去，很多人认识你。

别人认识我，给几何丢脸了。

我开始着手买房子，我不应该住在几何学校的宿舍楼里了。我买了水蓝小城的一套两居室，搬家的那天，几何不配合，他说他喜欢旧房子。他说的是真话，几何喜欢一切旧的东西，用过的东西都不让扔。进了垃圾箱的一件东西，过几天会堂而皇之地又出现在我家里。对一个旧物件都情深意长的人，不是个坏人。我想新房子也会变成旧房子的，他会慢慢喜欢的。

　　我经常在大街上没有目的地走，到处音响里放着王菲与那英的《相约1998》。我看店家的橱窗，看人们穿的衣服，或者发呆。实在没地方去，我也会上一辆公交车，在城市里游荡。在车上，我看到一个丈夫让妻子坐在他的腿上，可能是妻子怀孕了，他的双腿可以减震。还听到一个女人对闺密说，我老公真不要脸，一听到厨房里油烟机关了，他就跑过来端饭来了。我知道我和几何的问题在哪里，那是一个烙印，无法消弭。

　　几何下课回来，我正在卧室里休息，他没发现我在家。我听到他在给一个人打电话。他的声音因为沉重而显得格外苍凉。他说，他很爱自己的妻子，可是因为一个特殊的事件，他看到了一张得了性病的女性生殖器的照片，在他的大脑里这张照片总是和妻子的器官重叠——在接近妻子的时候，他会想到一些肮脏的东西,这些东西怎么洗也洗不掉。大街的墙上、电线杆子上到处都是性病广告和图片,他无处逃遁……他也想到分手,相濡以沫不如相忘江湖。可是他看不到妻子就发慌,他依赖妻子……他在断断续续地说,电话里的人可能在开导他,或者在解救他。对方可能特别语重心长,几何哽咽了,后来突然大声哭泣。我捂着被子流泪,被嫌弃不亚于被侮辱,而这个人是我的丈夫。他在向谁倾诉呢?这事儿能向别人说,不能向自己的妻子说,说了就是更深的伤害。好在他还给我留了点儿面子。

这个人是谁呢?

几何时刻都在抱怨,他把自己定位成一个教育体制的受害者。他看不惯社会,看不惯学校,看不惯周围的人,看不惯妻子。他几乎对什么都不满意。回到家里首先与他对立的是电视。新闻是虚假的,经济数据有水分,"百家讲坛""探索发现"还可以,但每期都能挑出毛病,最糟糕的是电视剧驴唇不对马嘴恶俗低俗,最后按捺不住气愤,扔了遥控器。这时我就找个动画片按出来,不能是日本的,日本鬼子王八蛋,想再度对中国文化侵略。我试图安慰他,我们没法改变这世界,我们做个有良知的人就行了。没有必要与它对立,对立就会生气,而世界不会跟你一起生气,所以这是无效的。然而语言是苍白的,不快乐是结实的并且是会传染的。我躲起来,自言自语,这是排泄负面情绪最好的办法。几何本来是个受害的人,我再伤害他更没道理。但我能医治他的伤吗?我看不能,只能等待,等待自愈。

进入21世纪,互联网在中国普及了,他在学术界被称为另类知识结构的学术人才,在民间知识界被认可了。这个年头,你有才华想掖着藏着不外露也没那么容易。是他的学生们有心,认真做了他的课堂笔记,整理了他的学术观点,发在网络上。一些大学特邀他去讲课,英雄有了用武之地。同时他的工作环境也有了一些变化,他不争职称,不争访问学者,不争课时费,不争做导师,别人的机会就多了,同事们的脸也就热了。

可我是心灰意冷的。一个丈夫,哪怕他是个伟人,是个领袖,他不是人是个天上的神,如果他心里没有你,他不为你做什么,对于你来说等于什么都没有。所有的或虚名或实利,是他的,与你无关。我对自己说,结束这段没有意义的生活吧。

他下了飞机,进了家门,从拉杆箱里刨找,拽出连衣裙往我身上比试。那是一件真丝连衣裙,而彼时还是隆冬。还拿出一个头花，往我头上比画时，才发现我是短发。只要离开三天，他再见到我，眼神就是羞涩的。他洗澡或者换衣服，从里边闩上门。我又对自己说，不要放弃，他还是个孩子。

我肠胃炎急性发作，本来想忍着，到天亮时忍不住了，我碰了他几次。他可能刚入睡，翻了一个身。后来我坐在马桶上几近虚脱，我用微弱的声音喊他，他坐起来把什么东西扔在地上说，让不让人睡觉了？天一亮我就连滚带爬去了医院。我在医院输液，他打来电话问我在哪里，我说在医院。他说你去看病人吗？我无话可说。他说那我中午吃什么？我说你吃屎。

从医院出来，强烈的太阳光刺得我睁不开眼，一只手扶着墙定神，突然悲从中来。自从经历了那场事件，落寞地把两张床搬到一起后，我没有跟任何人大声争吵过，也没有放声大哭过。面对着如此的太阳，我无耻地张大了嘴，发泄结婚几年来的委屈。我没有过蜜月，没撒过娇，没听过一句体己话，我什么都没有……我感觉到一个人从后面托着我，把我放进一辆车里。我捂着脸不敢看那个人，一个女人把自己弄成这个样子真是狼狈。

身体的病几天就好了。人的身体有微循环，有能量转换,有新陈代谢,一些残渣余孽马上被健康的细胞清除出去了。我再次检点我们的婚姻,这是一个空城,是一片废墟,连荒草都没有。

再次想到分手。

我要和他开诚布公地谈谈。我约他到了一家小饭店,公共场合我们不至于吵起来。他坐在我的对面,很不高兴,他说,我不爱吃外面的饭。我说,你以后可能得学会吃外面的饭了。他瞪了我一眼说,怎么,你又要出差?哎呀,天哪。我在心里说,林似锦,你可怎么办啊。

我切入了正题。我们结婚太匆忙了,我们之间有一个问题,那就是在法庭上——你对我有说不出口的嫌弃,这个消除不了,我们的婚姻没法生存。他瞬间躲闪开我的眼睛,只是瞬间。他呼地站起来,把一只杯子摔在地上。他指着我的鼻子说,你小人之心,狗眼看人低,我恨你,你杀了我的孩子,你是一个杀人凶手,一个罪犯。他伸出手掀翻了餐桌。

以后的很多次,我试图解决这个问题。可他每次都扯到那个被我做掉的孩子。他把移花接木进行到了底。

话说那一次他掀翻了桌子,玻璃碴儿飞起来,划过我的胳膊,鲜红的血蚯蚓似的钻出来。从旁边的桌子无声无息地走过一个人来,他抓住几何的领口就是一拳。几何飞过了两张餐桌,眼镜蹦到房顶上。

　　那个人拽着我走出餐厅，把我塞进门口的出租车,对司机说送医院。

　　我和几何结婚六年后,在水蓝小城门口,我再次碰到那个人。他站在一棵香樟树下,他叫出了我的名字。

## 7. 为什么是我

我的枕边放着手机。我拿在手里,迟疑着不敢打开。手机里有很多的亲朋好友,这是我早晚要面对的。我还是咬着牙按了开机键。短信铺天盖地,把短信删除,直奔百度,搜索"癌症":

癌症是机体正常细胞在多原因、多阶段与多次突变所引起的一大类疾病。

人人体内都有原癌基因,原癌基因主管细胞分裂、增殖,人的生长需要它。为了"管束"它,人体里还有抑癌基因。平时,原癌基因和抑癌基因维持着平衡,但在致癌因素作用下,原癌基因的力量会变大,而抑癌基因却变得较弱。因此,致癌因素是启动癌细胞生长的"钥匙",主要包括精神因素、遗传因素、生活方式、某些化学物质等。多把"钥匙"一起用,才能启动"癌症程序";"钥匙"

越多，启动机会越大。我们还无法破解所有"钥匙"，因此还无法攻克癌症。癌细胞是正常细胞的变异，因为和正常细胞是同类，初期不痛不痒，很难被发现。癌细胞有无限生长、转化和转移三大特点，因此难以消灭。

是不是可以这样理解，是我们自身豢养了癌细胞，我们用违背我们身体正常运行的一些不良方式，比如抑郁、争强、较劲、熬夜、吸烟、酗酒，再比如超标饮水、农药食物、污染的空气等，常年喂养它，激活它，是我们亲手养大的一条狗最后变成了狼，反过来吃我们了。我的身上具备了多种钥匙，这些钥匙像一群贼，凑近，密谋，解密，登堂入室，改朝换代。这钥匙之于癌症相当于卤水之于豆腐，一点就成了。癌细胞是从我们体内变异的有组织的另类生命体，和我们正常的细胞交织在一起，所以消灭它的时候也会消灭正常的细胞。如果化疗的度把握不好的话，结果就是癌细胞死了，人也死了。它不同于细菌、病毒，是外来的敌人，我们对它使用抗生素，杀死细菌，对正常细胞毫发未损。

癌细胞是我们身体的对立面，与我们对峙。身体的抵御防线坍塌后，它一旦形成，就以傲视群雄的姿态,汪洋恣肆地繁殖,对我们的身体攻城略地,最后鸠占鹊巢,取代了我们的生命。它居高临下地提醒我们,对待生命要尊道,节制,感恩,敬畏,仿佛它是正义的化身。侵略者在侵略成功后就是这样的姿态。

人的身心是一条河,是清澈明亮的。身心环境破坏后,出现淤积或者断流,这种破坏是内外相加里应外合的结果,不及时发现并改变,这条河就会走向死亡。

虽然癌症起始于一个细胞突变,但是这个突变细胞的后代必须经过几次突变,才能形成癌细胞。癌症的发生要有许多因子的共同作用,体内还有免疫监控系统,可以随时消灭癌细胞。当危险因素对机体的防御体系损害严重,机体修复能力降低,细胞内基因变异累积至一定程度,癌症才能发生。癌症的渐进发生过程非一日之寒,需要数年时间。癌症发生的多个阶段为:正常细胞→轻度不典型增生(分化障碍)→中度不典型增生→重度不典型增生(原位癌)→早期癌(黏膜内癌)→浸润癌→转移癌。而据估计,从癌变开始发展到晚期,有至少两年时间;乳腺癌在临床发现肿块前,平均隐匿时间为十二年(六至二十年)。

患癌这么慢啊,这么不容易啊。细胞在数次突变的过程中,只要哪一次免疫监控系统防御有效都不会完成突变。就像买彩票一样,哪一个数字对不上都不可能中彩。

平均十二年,是我和几何共同生活的日子。我真迟钝啊。十二年,生一个孩子,一棵小树一样高了。可是我不知道我的身体里埋下了一个种子,我又给了它一个生长的土地。我像对待亲儿子一样孕育它。我每天亲自打理的身体,它真的是我的吗?可这不是我想要的啊。


癌细胞的特点是:无限制、无止境地增生,使患者体内的营养物质被大量消耗;癌细胞释放出多种毒素,侵蚀人体正常细胞;癌细胞还可转移到全身各处生长繁殖,导致人体消瘦、无力、贫血、食欲不振、发热以及严重的脏器功能受损,还可破坏组织、器官的结构和功能,引起坏死出血合并感染,患者最终由于器官功能衰竭而死亡。

与之相对的有良性肿瘤,良性肿瘤则容易清除干净,一般不转移、不复发,对器官、组织只有挤压和阻塞作用。

话说癌细胞是个贪婪的狠毒的家伙,它无限制地扩张地盘,跑马圈地,它夺取粮草,释放毒素。野火烧不尽,春风吹又生,我们对这些越来越多的敌人无能为力,我们束手就擒。它像石头一样坚硬和顽强,它可以长成山,山脉,最后我们被压在山底下,被彻底颠覆。

良性肿瘤与之相比,就温良得多。打个比喻,良肿只是一点儿外遇,偷点儿情夺点儿爱而已,除掉它如同把一根草连根拔起,或者不除它不了了之。而癌肿是有组织有预谋的,是地毯式的捕杀,是一个坚固的城堡,要另立朝廷,取而代之。

恶永远要比善强大。恶势力,恶才能形成势力,势力可以置人于死地。而善是软弱的,从善如流,善是水一样的东西。

病来如山倒,身体病了心就病了,身体死了,心就死了。一个人死了,起初有亲友想起你,后来亲友们也忘记你了,或者亲友们也死了。一切归于沉寂,像什么都没有发生过一样。死无对证。


　　乳癌的病因尚不能完全明了,已证实的某些发病因素亦仍存在着不少争议。绝经前和绝经后雌激素是刺激发生乳腺癌的明显因素。此外,遗传因素、饮食因素、外界生化因素以及某些乳房良性疾病与乳癌的发生有一定关系。已知的几种诱发乳腺癌的主要因素:

在女性中,发病率随着年龄的增长而上升,在月经初潮前罕见,二十岁前亦少见,但二十岁以后发病率迅速上升,四十五至五十岁较高,但呈相对的平坦,绝经后发病率继续上升,到七十岁左右达最高峰,死亡率也随年龄而上升。

家族的妇女有第一级直亲乳腺癌史者,其患乳腺癌的危险性是正常人群的二至三倍。

月经初潮年龄:初潮年龄早于十三岁者发病的危险性为年龄大于十七岁者的二点二倍。

晚育不育或不哺乳者。

口服避孕药。

酗酒,不良生活习惯,长期精神抑郁,熬夜,接触化学物质……

为什么是我?为什么是我?这些因素我占了大部分,为什么不是我?疾病和太阳一样,对每个人都是公平的。

## 8. 流动书店

　　水蓝小城是学区房,附近中学小学都有。下班时孩子们喊喊喳喳回家,小鸟儿归窝似的。我站在大门口看他们,我想,我如果和几何有了孩子,眼睛是什么样,嘴巴是什么样。有时候,我发现跳跃着的那个孩子就是我想象的那个孩子,我就凑过去,摸他的头发,靠近了嗅他的口气。我想,早晚会有我的一个孩子在这个地方出现。

　　我们的新房很舒适,它位于小区的外围,前面是一条小路,车流量小,噪音也小。小路的对面是一个活动区,有一些运动器材,有一棵合抱粗的香樟树。据说此树在此地长了几百年了,很多业主买这里的房子是看上了这棵香樟树。说白了这棵香樟树与自己家的房子没什么关系,但人们就是因为喜欢这棵香樟树,才下了买房子的决心。

　　露台上种了三叶草。放个小几,可以边喝茶边向外张望。看外面的世界是人的本能，与外面世界的联结，是最重要的一部分生活。

我想，新的世纪开始了，换了一个环境，我们是不是有可能开始新的生活？所以我不停地向外张望，似在张望我们的未来。

活动区的旁边开了一家咖啡店，出出进进的人不少，看来生意不错。我提议说，我们下去喝杯咖啡吧。几何索然无味地说，想去你自己去。几何新配了近视眼镜，自从上次在餐厅里被人打碎了眼镜后，他就发誓要找到那个多管闲事的仇人，并扬言要把他打个稀巴烂。看来他还没看清仇人长啥样。

因此，我也就索然无味地坐在这个咖啡店里，发呆，或者往外面看。

我发现，每个月的第一个双休日，总有一辆小型面包车停在活动区的空地上。人们围着车看书，从车上找书，或者把家里没用的书拿来，和车上的书交换。天黑前车就开走了。原来这是一个流动的小书店。有城管过来检查过，结果此流动书店没有赢利目的，只是提供看书、换书方便，是公益性质的，也就没有干涉。从咖啡店出来，我也凑过去，出于好奇。

我认出了这辆车，心突突地跳。

车里什么书都有,学生的配套练习、课外读物、文史哲、财经、法律、烹调、服装,最多的是医学书籍。书都很旧了,有的磨得卷了边,有的里边有细密的书写。每本书的封底都有一枚闲章。我找到了一本钱锺书的《写在人生边上》,看了几页。天就要黑了,看书的人都散了。我拿着书爱不释手,想据为己有。我看看周围,找流动书店的主人。

我看到一个人站在香樟树下。长腿,鬈发,一只手插在口袋里,一只手夹着烟。我们的眼神碰上时,他一笑,露出洁白的牙齿,天空闪过一道银光。

他说,林似锦!

我认出来,他是几何的"仇人"。同时也是从医院送我回家的那个人。

话说那一天从医院出来,我坐在了一辆小型面包车上,车里只有一个位置,别的地方放着好多书。前面开车的人一头鬈发,他专心开车,不说一句话。我想我要是被人劫持了就好了,我有可能被带到一个陌生的地方,我不会死的,我会有另外一种生活,比现在的生活差不到哪儿去。这么想着,竟有了几分宽慰。随便看了一眼旁边的书,是《管锥编》。我有一点儿失望,有这样一套书的人,不可能是一个劫匪。果然,车经过了水

59

蓝小城,停在了那棵香樟树旁边。我有点儿恋恋不舍地下了车,车鸣了一声笛,走了。

互相看着,愣着,局促着。

每个月的第一个双休日,他把那辆几乎散了架的小型面包车停在香樟树旁边,晚上开走。中间的时间,有时在香樟树下吸烟,有时也在看书,或者干脆一天没有人影儿,像往幼儿园送孩子,早上送来晚上接走。车上有人留了纸条,比如带来了什么书,换走了什么书,通常都是带来两三本,换走一本,因此车上的书越来越多。隔一阵子这些书的品类就不一样了。我想,他可能还有另外几个点,别的双休日,他在那里。

这个人真有意思。做的这个事真有意思。

他有时候还带一个孩子来,十来岁的样子,他和孩子比画着说着什么。

我们见了面只是浅笑,点头。我把家里重复的或者不用的书放在他的面包车上。我还买了一些我喜欢的书,比如,杜拉斯的《情人》,喜欢封面,作者满脸皱纹盛开菊花。《鲜花的废墟》《生死朗读》《瓦尔登湖》《遇见未来的自己》。我希望更多的人看到我喜欢的这些书。

天气不好的时候,下雨,刮风,或者沙尘,我们就进咖啡店坐坐。背对着背,或者并排。

时间长了，我有了一个固定的地方，靠着窗子。通常，双休日，家庭主妇们都在收拾房子，给孩子洗澡，或者全家出游。而我基本闲着，拿着电脑或者书，有时候是工作，大部分在消磨时间。有一次我来到咖啡店，看到我的那个座位的对面，坐着一个人。

我们沉默。他看了一眼我的左胳膊，我下意识地躲闪了一下。其实，我穿了长袖的衣服，那个曾经流血的地方看不见。

我即刻神色黯淡。

我不知道，他怎么会知道我的名字。

近距离地看，他应该年龄和我差不多。非常干净，因为非常干净，身上的烟草味极纯粹。

他点了一支烟，歉意地笑了一下，说，我不能不吸烟。

这是他说的一句话。他只说了一句话。

默然，所有的语言被沉默限制。我们垂着眼睛看对方，或者看自己。内观，冥想，领悟，体会来历不明的因缘。我们面向窗外，看那棵香樟树。时间，光线，色彩，蜜一般流着，挪着，推动着它们的轮回。天色就渐暗。黄昏是灰色的，白天和黑夜，白色和黑色，碰见后渐渐融为一体。这世界不是白色就是白的，黑色就是黑的，大部分的情况白不白黑不黑。而纯粹的灰色，是巧合，是巧遇，关照的是天然的心灵，起承的是自然的机缘。灰色适合每一个人生。

我起身。用背影呼应妥帖的眼神和纯粹的黄昏。这是一次铭刻。

我想我应该有一次出游。我去云南体验生活，初衷是去看看最古老的扎染，去找原生态服饰的灵感。我找到一个村子，有十几家原始的手工扎染作坊，以原始矿物质为染料，扎染亚麻面料。最美的颜色都是从大自然中长出来的。

和公司沟通后，我订了他们所有的作品。在我的眼里，它已经是作品而不是产品。我设计了一批极简主义风格的民族服装，上衣、裙子、风衣、长裤、围巾。全部手工制作，寥寥几针，就是一件衣服。穿一阵子，拆了，又能变成其他的衣物。穿衣服的人同时也是裁缝。这批服装两个月就上市了，通过营销店热销全国。

黄昏，我站在彩云之南的一片云彩下，遥想香樟树下的黄昏。那是宗教式的情感，什么都不用凭借，什么都不是障碍，可以是两个人的愿望，也可以是一个人的修为。明心见性，干净成空。这是时间和空间无法剥夺的心念，在和不在都一样，有和没有都一样。

我买了一些手工制作民族服装的线装书,其实就是手工画的图样用麻绳订起来,算是工艺品了。装进拉杆箱,回家。

回到家里,几何正在看碟,全世界的碟片可能都在我家,他几乎被埋起来。看见我进门了,他从碟片中爬出来,咧着嘴跟我笑。他的笑里有属于他自己的羞涩。这种独特的稀有的表情,在他这个年龄的男人中少见了,这让我想起我们的初次见面。

我赶紧收拾房子,从卫生间提起六条内裤,往洗衣机里放。几何抢过去说,我来我来,不知道你今天回来,不然早洗了,我会开洗衣机了。走之前我把开洗衣机和空调的程序给他写在一张纸上。做饭时我用上了从云南带回来的调料,做了酸鲑鱼。吃饭时,他说,我们要个孩子吧。你不在家的时候,我没有人说话。

我埋着头扒饭。

他说,我想要个孩子,我想有人跟我说话!

我说,生下来好几年才会说话。

他说,我可以等。

我说,孩子不是等大的,要喂养,要看管,要教育。可是你还每天等着我喂呢,等着我洗呢,等着我哄呢,你还是个孩子,我们没有条件再添一个孩子。

其实我也很想要孩子,但经他嘴一说,我就想对抗。这是不由自主的抵抗。

他站起来咳嗽,可能鱼刺卡喉咙了,说,你说你到底生还是不生?

我说,你没有资格要孩子,我们没有必要糟蹋一个无辜的孩子。

他冲到厨房,接了一盆水。我想,我的身上如果再被泼一盆水,我就会从这里出去,永不回头。

我看到,他把那盆水举过头顶,浇在自己身上。

当晚他的喉咙发炎,说不出话来了。我带着他下楼叫了出租车,嘱咐司机把他带到医院。他没想到我不陪他去,车一开,他从窗玻璃上绝望地看我远去,表情像一只被抛弃的猴子。我的心里有了一些疼。他回到家后,脑袋上又开了个口子,用一个装西瓜的白色网袋罩着。不知道是跟出租车司机还是医院的大夫又打了一架。

我决心不理他。听到他声音夸张地哼哼,比女人生孩子都凶。我就是不理他。天快亮的时候,他可能不疼了。哼哼无望,就改成了唱歌:青青子衿,悠悠我心,八辈儿祖宗,断子绝孙。青青子衿,悠悠我心,八辈儿祖宗,断子绝孙……

## 9. 义乳

第八天,我和刘一朵可以一只手扒着床沿自己起床了。我们去治疗室拆掉了引流管,身子一下子轻松了。解除了医疗器材与我们生硬的连续,我和刘一朵相视一笑,我们幼稚地认为,我们的病好了。我们看上去心情很不错,走廊上有一个练习胳膊爬高的木牌,上面有刻度,我们轮着拉伸胳膊,还没心没肺地笑。

铁打的营盘流水的兵,每天都有出去的,进来的,看着陌生的面孔,熟悉的面孔,我们彼此都会微笑。或者互相问,你切了吗? 如果大家都是一个样子,就没有太多的难堪。听说有一个拉美国家,女人为了拉弓射箭方便,就要切掉一只乳房。后来这个民族发展到不拉弓射箭了,但单乳已成这个民族的美学习惯,女人以单乳为美。

房间里闷,我们很爱在走廊上转悠,宽宽的走廊仿佛是我们的大街,带来了社会的气息。这不,走廊上过来一个坐着轮椅的女人，推着她的可能是她的男人。他们俩的气质，似乎跟一般人不一样。两个人保养得很好，脸上虽然也有中年人的沧桑，可皮肤有着长期精心护理的莹润。关键是他们的眼神，他们任何人都不看，可以说就没有眼神。我和刘一朵自然地给他们让路。那个女人垂着眼睛，一双依然丰润的手安静地放在修长的大腿上。她不像一个人，像一尊蜡像，全身没有体温。从我们身边经过时，男人抬起手看了一下手表。目送着他们进了治疗室，我看见男人的头顶一片亮白，谢顶了，他又抬胳膊看了一下手表。我纳闷儿，住在这里的病人都是乳房上的毛病，腿好好的，这个女人是什么病呢？

赵保住给老婆送水杯，看见了我们疑惑的表情，他把脑袋杵在老婆的锁骨上，神秘地说，看见那个女人了吧？身上的骨头都黑了。见我们张大了嘴，他嘿嘿笑了两声说，在仪器下一照全身的骨头像乌鸡架子，到处找不着原因，你们猜阿么留？赵保住卖了个关子更开心了，龇着一口黄牙说，原来是奶子上长了瘤子转移到骨头上了。所以转到这个医院来，就住我们隔壁屋子哩。啊？刘一朵的手抓紧了男人的胳膊说，那乳房切了吗？赵保住摇了摇头说，不能做你们这个改良什么手术了，里边的那些虫子，一碰就都活了，那就捅了马蜂窝了。

我和刘一朵眼睛都盯在赵保住脸上，说不出的恐惧。就是说，我们能做手术倒是幸运的了？

赵保住这个人确实有意思，在医院这几天把他闷坏了，除了照顾我们，就靠着墙打呼噜，睡醒了就楼上楼下乱窜。给别人提开水打饭喊护士叫医生，当然有时添乱帮倒忙，说不应该说的话，别人也有点儿烦。

我们看到那对夫妇从治疗室出来了，女人脸色煞白，脑袋放在椅背上，男人俯下身子，在女人的耳边说着什么。这时突然听到一声长号，一个光头女人从一间病房跑出来，直向这对夫妇的轮椅冲过来。男人赶紧用身子挡住那个女人，双臂护着妻子。那个女人在男人的后背上乱抓，嘴里喊着，你把我的乳房放哪儿了，你这个骗子，你这个骗子。女人的家属和护士们跑过来，抓住这个女人，往病房里拽。这个女人的情况大家都知道。两年前她发现自己的乳房上有个花生粒大的肿块，到医院看了，大夫说是一个结节。大夫说她正处于更年期，雌激素水平不平衡，等闭经了雌激素低了，结节就自然消失了。又过了一年多，她发现肿块长大了，就决定做手术。手术后就确定是癌。这个女人后悔没有尽早手术，先是精神抑郁，后来就疯了，只能转到精神病院做治疗。可是化疗还不能停，不然就前功尽弃。到了化疗的时间就到保健医院来做化疗。尽管家属看管很严，她还是在医院里乱跑乱叫。半夜都可以听到她喊，乳房哪儿去了，乳房哪儿去了，仿佛一个母亲丢了自己的孩子。

八天的时间，很短，我们身上的刀口长出了新肉，心情也平复了许多，基本可以自理了。突然觉得生活跟过去一样了。我们认可了这个事实。只是在梦中，我们还是一个健康的人，大脑皮层还没有打上这个可怕的烙印。人是很容易接受自己的缺陷的，因为比起生命，它只是一个小小的豁口。像一只碗，有一点儿豁口，它依然是碗，并不影响吃饭。

几何给我和刘一朵雇了一个护工，白天他就带着赵保住回家冲个澡补个觉。起初赵保住不愿意，他认生。后来刘一朵示意他去，这才甩着一条腿跟着几何走了。到了门口，回过头来，给我们做了一个鬼脸，哈，真是笑死人了。

走廊上有一些神色诡秘的人，靠近我们，是推销义乳的。因为医院规定不让外面推销东西的人到病房来，他们就装作是探视病人，走到我们跟前打招呼，像亲朋好友似的。我和刘一朵相视一笑，生出了一点儿傻了吧唧的快乐。

义乳，我以前也听说过，我以为叫异乳。义乳，这名字叫得挺好。它是乳房的替代品，义务地服务于没有乳房的人。义乳，义乳，这义乳无疑挺仗义的。推销员把它往我的身上比画，竟有了几分义气。

推销员把填充物拿出来让我们看，说是什么进口的硅胶。那是一托皮冻儿似的东西，肉粉色，在推销员的掌心里颤抖。我看到刘一朵有些反感地别过脸去。我们同时想起被割出去的那些乳房，头皮发麻。

此尤物竟要一千多元。我心想，去你妈的，别他妈的趁火打劫。打发走了推销员，我和刘一朵合计着亲自动手做义乳。我们差几何买来了针织棉布丝绸内衬和填充物。就在我过去文胸的基础上改造，我设计，刘一朵动手。填充物用了两种东西，一种是绿豆，一种是荞麦皮。绿豆有点儿沉，荞麦皮有点儿轻，最后把两种掺和起来，用网格固定，有虚有实，挺棒。刘一朵的手很纤细，根本不像农村妇女的手。她牙齿咬着下唇仔细地走线，她的手有些发抖，额上沁出汗珠。缝好一截儿就抬起头来对我一笑。她真会笑，笑得真舒服。这一定是一个受过教育的女人，心里有东西。我说，你，南方人,咋到我们北方来了? 我的意思是,你这么好看的一个南方姑娘咋嫁给了一个有残疾的当地人。问完我就后悔了,女人嫁错人,有的是身不由己的,有的是鬼迷心窍的,女人自己根本说不清楚。我看见,她又咬住了下嘴唇,停顿了片刻,说,北方好呀,你没见我那两个娃,长得那个惜疼呀。像什么呢?哦,两只水果玉米。说完她脸红了。她的南方口音夹杂了当地方言,很有点儿味道。哦,原来如此。她避开了我提的问题,拐到了到北方嫁给残疾人后产生的后果上,仿佛只有嫁给赵保住才能生出这一对天使。这个女人,和我一起住了八九天,这是说得最多的话,不知为什么,她说的话,让我心里生出隐隐的痛楚。

义乳做成功了,我们戴上了久违的文胸。文胸这东西别人看不着,但对于女人自己很重要。看一个女人有没有格调,不是看她的外套,而是内衣。我把连衣裙取出来,我穿了一件黑白相间的长裙,给刘一朵穿了一件荧光色的休闲短裙。在镜子前一照,根本看不出胸前的缺陷,心情一下子变了。病房里简直有点儿莺歌燕舞了。咳,不就是少了二两肉嘛,又不是一条胳膊一条腿。

吱呷门开了,伸进来一个光脑袋。

她很年轻,小白脸蛋儿还有点儿婴儿肥。她住在我们隔壁,才十九岁。正在化疗。

听说你们自己做义乳,我想看看。哎呀两个姐姐,哦阿姨,你们的衣服是什么牌子啊,这么好看。她说着,就凑过来撒娇。

才十九岁就得了这个病! 她不知道,什么样的生活在前面等着她。她还不知道人世的险恶,人心的无常。哪一个男人能撇过女人的身体爱她看不见的心灵,能承担她,承诺她,给予她? 我还是不由自主地叹了口气。

阿姨你替我发愁吗? 跟我一个病房的阿姨也替我发愁。她的女儿跟我一样大。

她说的是坐在轮椅上的那个女人。我说,那个阿姨很严重吗?

丫头凑在我耳边说,严重,都花了一百万了。我妈说了,她病得值,她的病救了她的丈夫。

哦,小孩子说话。我给她嘴里塞了一块萨其马。

丫头看我们没把她的话当回事,就有点儿急。她说,真的,她的丈夫是个当官的,外面还有一个小老婆。有一天她的丈夫突然被双规了,她一着急就从楼梯上摔下来,骨折了。送到医院一检查,天哪,骨头上都是癌细胞。她得了这么重的病,她的丈夫暂时被放了出来。她丈夫一出来,把所有的事都摆平了。所以啊,她丈夫再没有去找那个小老婆,整天守着她,对她可好了。

原来如此。

我说,我帮你做个义乳吧?

丫头嘴里含糊不清地说,不用,我做了假体。

啊?什么叫假体?

就是假体呀,把有病的那块肉掏出去,把硅胶塞进去,缝起来。摸起来和真的一样。我挠它还痒痒呢,呵呵呵。她凑过来趴到我耳朵上说,以后还不影响生育。

我怎么不知道可以做假体呢?为什么没有给我做假体呢?几何呢,几何怎么没有给我说能做假体呢?

刘一朵眼神里也有了羡慕,说,你能让我们看看你的假体吗?

丫头撩起衣服,我看到,她的患侧肋下有一道三寸的刀痕,做了假体的部分看上去不太平滑,乳头比另一边靠下一点儿。可能是考虑到健康的那只乳房以后下垂了,正好和假体平衡。无论如何它看上去是一只乳房,是有血有肉的,是有表情的,喜悦的。不像我

72

们的这个部位，一片狼藉。

感觉得出来，刘一朵的心也和我一起下沉。

丫头说，现在看上去有点儿不对称，慢慢就长一样了。我妈妈说了，就像一家人似的，时间长了就相像了，呵呵呵。

我一屁股坐在床上，脑子空了。

我看见几何出现在门口，给我做了一个让我出来的手势。他脸上的表情是欣喜的甚至是激动的，我了解他，只有遇到心满意足的事情的时候他才会有这样的表情。比如他在城隍庙搞到了一套善本，比如他的学术观点受到网友的吹捧。可是当下，我从他的脸上看出来，他切除了我的乳房并拒绝给我做假体，他让我人不人鬼不鬼地活着，他截断我的后路，他得意了。这是报复，恶意报复！

我站起来，两条腿软塌塌的，两根麻花似的绞着，扑向他。他接住我，在我耳边，我有好消息告诉你，我有好消息告诉你。看来这个好消息还怕别人听到，他裹挟着我走到对面的开水间。

我挂在他的双臂上，泪流满面。我说，我为什么没有做假体？

他舒了口气，把我往上颠了颠说，医生是征求过我的意见，可是假体的排异很大，伤口不好愈合，并且以后还有后患，如果失败了还要再次手术，三十五岁以上患者是不主张做假体的。乳房其实没有用，身外之物。命是最要紧的，除生死，无大事。

乳房对于一个男人是身外之物。

我说，我们都要离婚了，你没有资格决定我做不做假体。

他说，问题是我们没有离婚，我还是你的丈夫，你身上所有的东西都与我有关，这事我管定了。

他又来劲了，说话的声音越来越大。他就是这样，一旦脾气上来，就像上了发条。在家时也一样，他声音越来越高时，我就转过身走开，进厨房也好，进卫生间也好，我如果也迎上去，那就要动手了。我们过了十几年还没有打过架，是我背过身子，把一切委屈都装进后脑勺里。那所有的隐忍和退让叠加成今天的病，一杯积攒起来的祸水。

刘一朵的男人赵保住听到动静了，以为几何欺负我，他一直在走廊里观察呢。他上来拽几何的胳膊。他用很重的土话骂几何，意思是，几何是个驴日的男人，欺负生病的老婆呢。几何哪是吃他这一套的人，一只手就把凑上来的赵保住推了个趔趄，四脚朝天了。赵保住爬起来，脱下一只鞋就往几何身上抽。

几何仿佛比我更生气，他动静很大地收拾自己的东西，还在病房里绕了三匝，看有没有人挽留他。看没有人理他，气势汹汹地走了。他生我的气，生赵保住那一鞋底子的气。赵保住盯着被几何甩上的门看了片刻，噘起嘴，呸！

悲痛涌上心头。我为什么得这个病？是因为我没有正常女人的生活，是我承担了超负荷的生活，是我没有信心生孩子，是我过于隐忍，是我长期抑郁，是我选择的生活方式改变了我的身体，甚至改变了我的细胞，现在我已经不是父母生养的那个我，那个我被毁灭了。躺在病床上的这个怪物是一堆垃圾。

我放声大哭。

对床的两口子也跟着我放声大哭。一时间哭声大作，像炸了雷一样。

## 10. 爱情不是最重要的事

几何出门没有关电脑，我回到家上网，看到他的QQ对话框里有一段话。对方的网名叫"三叶草"。

　　我再次强调，你不是一个病人，只是一个有毛病的人。你的毛病是心理洁癖。你太在意你的妻子，把她看得白璧无瑕。一块心爱的豆腐掉进灰里，吹不得打不得扔不得。你强迫自己认为妻子就是那块豆腐。实际上呢，此豆腐不是彼豆腐，真正被玷污了的不是你妻子，是另外一个不相干的人。而你非要合而为一，因为当时的影像在你的大脑里形成烙印。你应该洗干净的是自己的大脑和眼睛，而不是你妻子，你妻子一直是干净的。水不洗水，尘不染尘。

　　你的心病如果还是无法消弭，那你们试着分开吧，你必须暂时放手。你明知道会错的，但你必须试错。把妻子的身份变成一个陌生的人，重新认识。你会用新的眼睛看新的人。就是说你们重来一次，以新的姿态再次靠近。等你否定了你错误的认知，你的试错就成功了，同时你发现你收获了同样纯洁的自己。

不过我提醒你，分开，是有风险的。因为这件事是两个人的，她同样具有选择方向的资格，一切皆有可能。如果分开的方式成了分开的内容，你要能够承受这个结果。说到底，生活的目的是快乐和从容，如果追求绝对纯洁的爱情让生活的目的走向反面，爱情毫无意义。在我们的一生中，爱情不是最重要的事。


这是谁呢？我感觉到这个人不认识几何，倒像是我的一个熟人。他甚至很了解我，他句句说到了我的心里。如果我和几何分开，那我一定会从他眼里消失。我会从另外一个地方重新开始，从一张纸开始。

这个人是谁呢？或者他是一个心理医生？对，和之前几何电话里的倾诉联系起来，我认定他们是一个人。那么就是说，几何已经意识到了自己的心理痼疾，他在想办法解决或者治疗？

那是谁呢？实在想不出，先搁着。

我设计的原生态服装非常之好。矿物颜料扎染的棉麻织物，土黄、铁红、深褐、松石绿、草青，加上黑白灰过渡，自然，自由，自在。由于接近事物的本质，所以舒缓美妙或者直抵人心。双休日，我穿一件窄肩长裙，长度错落，长及脚踝，腰里是一截儿草编的绳子，调节裙长。几何抬头一看我，吃了一惊。他说，咋没有我的？他提醒了我。我拿出一块面料，几剪子就裁出了大背心和齐膝裤，用麻质明线缝了。几何十分欣喜地跳进衣服里。啊，几何这个人确实有范儿，"粗缯大布裹生涯，腹有诗书气自华"。我们走在大街上，像一对明星，这一点儿小小的虚荣让我们把胳膊勾在一起。或许几何想起了那个疑似心理医生的教导，他学着改变行为方式，他试图先洗净自己了？

双休日。咖啡店。他坐在我的对面，对视。笑一下，不说什么，呼吸，心跳。

他看着我身上的裙子，做了一个深呼吸。他看出了这件裙子的天然本质。所有的都是从大自然中长出来的，亚麻，棉花，矿物颜料。金木水火土的颜色，在这里都有。

他把两本书推到我的面前。

他的手不算大，修长，细致，外柔内刚。从这只手可以看出来，他有人爱着。

一本是博尔赫斯，一本是村上春树。

下面是一段对话：

做这个事耗费了你很多时间吧？

不是耗费在这儿就是耗费在那儿，时间不会停下来的。这是最简单的事，喏，往这儿一撂，我可以到处溜达，做运动，下棋，看天，看远处，发呆。这是休息，一举两得，我占了时间的便宜。嘿嘿。

你怎么想起做这个事呢？

因为博尔赫斯的一句话吧，"如果哪一本书很乏味你就弃之而去，它不是为你写的"。你丢弃的正好是别人需要的。这个道理在很多方面都适用。旧物易主贵如宝。所以我就拉着这堆玩意儿在这个城市里循环，在这里是垃圾的，在那里成了宝贝。

你也喜欢春树吗？

色而不腥，忧而不伤，肥而不腻。他说过，在某种情况下，一个人的存在本身就是对另一个人的伤害。

…………

其实，这些话是我想出来的。后来我看了那两本书,书给了我启示。我想我如果这么问他,他就会这么回答。

事实上我什么也没问,他什么也没说。

这个冬天是暖冬,好天气很多,太阳被谁擦亮了似的,明亮而干净。我坐在咖啡店里画图样。大部分时间看外面的香樟树,还有那辆斑驳的小型面包车。

时间过得时慢时快,香樟树更壮大了,顶着车轮似的华盖。小区门口那些放学的孩子又换了一茬儿,上一茬儿可能上中学或大学了。我和几何的床搬在一起十年了,那些生龙活虎的孩子中还是没有我们的那一个。

好在这家咖啡店一直在。我喜欢在这里工作,仿佛这是我的家。

有一天突然来了一个女人,从衣着看很本分。她走近面包车,拨开看书的人。她猫着腰刨出一些书,拿在手里撕。周围的人上前阻止,有人推搡那个女人。女人的头发乱了。

我下意识地从椅子上弹起来,向面包车跑去。我伸出手保护这个女人,女人看了我一眼,蹲在地下捂住脸哭了。

我看见那个男人站在香樟树下，一只手插在口袋里，一只手掐了手里的烟，在脚下踩了，转身走了。

他的背影那么苍凉，甚至看上去有点儿驼背了。我突然觉得，过去的哪一年，我在哪里见过这个背影？

这个女人软绵绵地站起来，羞涩地看了我一眼，也向男人的那个方向走了。这个女人很瘦弱，身子轻得像一张纸。风一吹，听到窸窸窣窣的声音。


这以后，那辆面包车没有来。大概一年的时间吧，足有一年的时间。

再次看到面包车时，也看到了那个孩子。他长高了许多，裤子短了一大截儿。车是那个女人开过来的，面包车还放在原来的地方，香樟树的前面。

我拿了一些书放进面包车里，发现里边的书大部分还是去年离开时的那些书，只是有些破了的，被细致地修整过。这就说明一年来，他们停止了做这件事。

那个女人和那个孩子站在香樟树下，比画着说话。

那个男人哪儿去了呢？这一年这一家人发生了什么？

我开始和那个女人照面，微笑，点头。终于我们面对面坐下来,像我和那个男人一样。

这个女人要仔细看才能看出她的好看。

女人们说话大概要从孩子开始。

你的孩子真乖,爱看书,还练书法,你们注重传统文化教育。

哦,我的孩子是个聋哑人,他适合做这些。

哦,对不起,看不出来。

我不难过,我不为他是个聋哑人而难过,他带给了我们幸福。

你是个好母亲,你是个伟大的母亲。

谈不上。我不是她的亲生母亲。我老公也不是他的亲生父亲。我们三个都在苗苗孤儿院长大的。

哦,我小时候的家就在苗苗孤儿院附近。那是一个大杂院,四周用铁丝网围着。总有孩子的脑袋从铁丝网里伸出来看外面。我母亲也曾领着我的手,让我给里边的孩子塞一些吃的和用的,说这是爱心,说看了这些孤儿才知道父母的好。后来我们搬家了,我也就把那个地方忘记了。后来苗苗孤儿院颇有了一些名气,据说那里有社会各界捐赠的图书馆,培养了很多优秀的孩子。

这个女人这么信任我,她把我当成倾诉的对象,可能是因为心里太寂寞了。心里没有人叫孤独，心里有人可这个人不在眼前叫寂寞。我想她只是寂寞。

她和男人都是在苗苗孤儿院长大的，她大男人两岁，姐弟相称，关系特别亲密。他们从职业学校毕业后，她选择就业，男人自学考取了心理咨询师。

哦？心理咨询师？

春节他们回娘家也就是孤儿院过年，见到了孤儿院刚接收的聋哑儿大音。大音是男人给孩子取的名字。他们两个人特别喜欢这个孩子，想给这个孩子一个家。于是他们决定结婚，收养这个孩子。同时约定不再生育孩子。

这可能是女人的伤心处，她捂上了脸。哪个女人不想要自己的孩子呢？

她的一双手非常粗糙，和她的脸形成强烈的对比。

她说，我想要我们自己的孩子，我想生一个和他长得一样的孩子，可是他不同意。我哭闹过，撕书，撒泼。

她说得很慢，仿佛那是遥远的事情，需要边遥望边述说。

我说，你们夫妻俩真不容易，你们都是好人，你们很相爱吧?

她又捂上了脸。

她说,我们什么都没有,没有父母,没有兄弟姐妹,没有家,两个什么都没有的人没有资格说爱。

我把一只手放在她的胳膊上说,你不要这样想,什么都没有的人也许只剩下爱了。

说完这句话,觉得有点儿苍白。我又补充说,什么都有的人不一定有爱。

她继续说,我们俩是世界上最亲的人。除了对方我们什么都没有。我们从小在一个小床上睡大,只要有人把我们分开,我们就哭闹不休。大妈们说我们俩是双黄蛋。直到我来月经,我们才分开了。

孤儿院的教育是绝对的流水线,因为孩子太多,这是唯一的管理方式。在那里长大的孩子没有抚育,只有管理。我们像一台机器,有的人是主机,有的人是附件,有的人是螺丝钉,我们是兄弟姐妹,我们的血液流在一起。我们听到最多的话是感恩。感恩,感恩,我们在这个世界上活下来是为了感恩的。感谢社会,感谢慈善机构,感谢孤儿院工作人员,感谢空气、水和粮食。除了抛弃我们的那些人我们都要感谢。我们没有权利犯任何错误,我们不能有任何的坏毛病。

工作以后,我怂恿我老公吸烟,喝酒,打架,鼓励他交三教九流的朋友。还给他买了一辆二手车,我想让他像一个被双亲宠坏的孩子那样生活。时间给我们注入了太多的亲情,而这亲情成了爱情的防火墙。我做过很多努力,想摆脱孤儿院刻在我们身上的印记。他也在做相同的努力,我们俩都改了名字,我们试图像两个陌生人那样重新认识,从相遇到相知……

我张大了嘴,这话是谁说的?给几何QQ上留言的,就有这句话。

我们租了一间房子,虽然简陋,可那是我们的家。家里有我最喜欢的人,大音,老公。

她的嘴角溢出笑。老公,她叫得那么亲,仿佛她舌头上的一块糖。

我们三个都非常爱这个家,我们三个都非常爱书。老公把小时候的一本小人书都当宝贝收藏至今,不时地拿出来看。我们家像个书店一样,清香,干净。我们想,只要时间足够长,只要付出的足够多,那种奢侈的感觉或者行为会在我俩心中发生的,像一棵树,它会发芽的,会长大的。就是说,只要我们努力,相爱会成为可能或者趋势。

实际上,从爱情可以变成亲情,可从亲情永远无法变成爱情。

十年过去了，我们的亲情只有更浓。我们全家都爱吃一种叫山竹的南方水果，可是太贵了。老公每次带回家几个，说他吃过了。我知道他没有吃，往他嘴里塞。这种水果太贵了，心疼。有一次他提议，我们全家饱饱地吃一顿山竹还一点儿也没有心疼的感觉。我们开着车找到一家水果批发市场，批了几箱子山竹。我们到马路边低于市场价去卖，城管来了我们就跑。打了一天游击，赚了一箱子山竹，我们开始甩开腮帮子吃，哈哈。

女人笑得捂住了嘴。

可是我的眼眶里蓄满泪水。

女人说，抚养大音和经营流动书店，是我们共同的理想和事业。我们相信，穷人也能有存在感。我们全家人都爱看书，晚饭后，我们大声朗读，把自己喜欢的文字传导给另外两个人。虽然我们清贫，但我们想有诗意地生活，我们的愿望实现了。

我们本来也应该很幸福。在这个世界上，其实，爱情不是最重要的事。

去年，我们结婚十一年了，大音十四岁了。等他长大了，我们想让他做图书装帧或者书商。等我们有了钱,我们要开一家大书店。

　　问题出在我们爱吃那种昂贵的水果上。

　　她趴在了桌几上。

　　我的心提了起来，他们一定发生很严重的事情了。

　　她抹掉眼泪说,他进去了。

　　啊,他到哪儿去了?

　　他进监狱了。

## 11. 免疫组化报告

在我化疗前做准备的两天，病房里发生了几件事。

几何负气出走一个小时后讪讪地回来了，他要告诉我的好消息是，我的免疫组化报告出来了。PT1N0M01B,ER 阳++,PR 阳+,FISH 阴性。这个结果的意思是，我是早期无淋巴转移无远程转移浸润性导管癌，是同类乳癌中最轻的。同时表皮生长因子是阴性,有着良好的预后。据权威部门调研统计,五年成活率百分之九十,五年内不复发转移临床上即可视为痊愈。以此为依据,制定的化疗方案为 AC,即表柔比星一百一十毫克、环磷酰胺七百八十毫克,八个疗程。

而我的对床刘一朵的病检结果很糟糕。晚期二级,淋巴转移,肿瘤标志物 CA15-3 大于正常值,血行转移的可能性很大,或者已经血行转移只是还没有形成仪器能够看得到的肿块。化疗加放疗一起进行姑息性治疗,还要用赫赛汀分子靶向治疗,光这一项费用就三十万,非医保。这种治疗要考验患者的体质和意志,更重要的是经济能力。眼下他们最要紧的事情是,后续治疗费用没有了。城市医疗保险住院看病只交几千元的押金,出院时从押金里扣除门槛费和自费部分医疗费就行了。农村医疗保险是要预先缴纳所有的医疗费用,出院后拿着凭证回到当地医保单位报销百分之五十到七十的费用。所以他们首先要拿出一大笔钱来,没有这笔钱,就无法持续治疗。简单算个账,我和刘一朵此次乳腺改良根治术的医疗费是三万七千多元。我预缴六千元的押金,加上大病补助,手术费和首次化疗费用六千元就够了。刘一朵要预缴手术全部的费用,加上首次化疗费用八千元,一次要拿出四万多元。难怪有一种说法,一个农民得了大病会拖垮整个家族甚至整个村子,最终的结果还是死亡。

只要得了癌症,人们的第一反应是,第一时间手术,接着就是化疗、放疗,并且手术越及时,化放疗剂量越大,效果越好。这个观念输入每个人的大脑,毋庸置疑。不知为什么,在这个问题上,人们是如此万众一心,众口一词。

我和几何相携着去找蒙大夫。

蒙大夫脑袋放在椅背上,看着我们进来,睁开疲倦的眼睛。蒙大夫一个星期三天在手术台上,就是说每个星期她基本上要切掉六十个乳房。手术台也是流水线,麻醉的,消毒的,开刀的,切割的,缝合的,轮流上阵。像一个裁缝铺子,量体的,裁剪的,打板的,缝制的,定型的,整烫的,各司其职。我看了一眼她放在办公桌上的手,纤细,苍白,甚至有点儿皮包骨头。它的力量来自于手术刀。工欲善其事必先利其器。我心有余悸。

我们说,我们是为刘一朵来的,她的后续治疗费用没有了。

蒙大夫向我们传达的意思是,有了钱可以延续生命,但不一定能保全生命。这个时候,钱是可以救命的,可是花进去的钱越多越容易打水漂。具体说到刘一朵眼前的问题,有两条路,一是筹钱继续治疗,一是放弃治疗卷铺盖走人。

几何说,放弃治疗的后果是什么?

我白了几何一眼,心想,卷铺盖走人,不就是自生自灭吗?

蒙大夫说,放弃治疗的人不少,活下来的人也不少。可是经过系统治疗死亡的也不少。

我和几何互相看了一眼,这是什么意思?

蒙大夫说，眼下乳腺癌遵循的是国际标准的治疗方法。根据患者的免疫组化结果制定与其相适应的化疗放疗方案及后续内分泌治疗方案。但是由于个体差异，有的人对于化疗药物不敏感，有的人对于化疗药物太敏感。不敏感的结果是杀死正常细胞却杀不死癌细胞，太敏感的结果是杀死癌细胞同时大量杀死正常细胞，又形成新的问题。现在医学上还不能量化哪一个人对哪一种化疗药物的敏感度，只能实行统一的规范化的治疗。

几何说，那是不是这个意思，规范化化疗的结果是，有的人根本没有效果，等于癌细胞没有杀死，正常细胞还遭到了损害。有的人暂时有效，但化疗药物的副作用破坏了身体的机能，使免疫力下降，这就为后面的复发和转移创造了条件？

蒙大夫显然有点儿震惊，一个患者的家属，把她的解释理解得如此透彻。

她换了一个坐姿，面对我说，你是患者，不是医生。你们了解得太多反倒不利于治疗，如果你们信任医院的话，你们配合医生就行了。

几何不甘心，说，那我的理解是，每一个人的化疗方案不是为每一个人定制的，是为一类人定制的。而一类人并不是一个人，会有差异性，所以化疗的结果也存在差异。这就具有很大的偶然性和盲目性。做了的人也许没有效果，没有做的人也许多亏没有做。这像一个赌场，对于患者是不公平的。

蒙大夫无奈地摊了一下手掌说，这是一门研究了上百年的学科，眼下治疗癌症手术放化疗是最有效的方法。规范的治疗方案追求治疗概率的最大化。

几何说，对于医学，如果概率是百分之五十以上，那就表明成功了。可对于具体某一个患者，风险可能是百分之百。

看得出来，蒙大夫很疲惫，她的手指在发抖。她睁开眼面对的就是我们这样的人，她在不停地解释，几乎是同样的话。她说这些话的时候，眼球不转动，仿佛一个机器。她说，我是医生，不是医学院的老师。你们是患者和家属，不是大夫。如果相信我，请你们配合。如果不相信我，你们有选择的权利。

我们不知道应该说什么了，我拽了几何的袖子，退了出来。

赵保住蹲在墙角，换一个姿势就吧嗒一下嘴叹一口气。刘一朵用梳子梳头，不知道在想什么。

几何对我说，其实不做化疗也许是一个选择。没钱化疗也许会因祸得福。

我不同意他的说法，决定这个事情不能靠想象，谁敢用唯一的生命冒险？

几何表现出了极大的热情，他对我说，把他的稿费拿出一部分，先付刘一朵的首次化疗费用。几何对比他弱小的人从来都是慷慨的，到大街上看到伸手的人他都掏钱，有一次一个乞丐竟跟回家里来。

我撇了一下嘴说，那笔钱留给你自己以后娶媳妇吧，我的银行卡上有钱。

几何说，哪能让病人给病人资助呢？哪能让女人给女人资助呢？不行不行。

是的，我们也是病人，后面要花多少钱还不知道，单靠我们的力量是不切实际的。我们想到了社会。

几何找到电视台，说明了刘一朵的情况。电视台答应到医院来做一期节目，让大夫、护士和病人们配合一下，期望得到社会的支持。一切都安排好了，电视台的同志们扛着摄像机来了。

走廊里乱作一团，我们隔壁病房的那个救了自己丈夫的女人，在放疗过程中突然昏迷。护士、大夫的脚步声，家属的呼救声，推床嘚嘚地响着进急救室。我看到那个男人脸色煞白，装在一条质地很好的长裤里的双腿瑟瑟发抖。他不停地抬起左腕看手表,我想这是他精神紧张时的一个习惯性动作。

电视台的记者准备工作了,可是我们发现,赵保住夫妇不见了。

病房里他们来时带的一个帆布包不见了。我送给刘一朵的两件连衣裙叠得整整齐齐放在柜子里,上面放着一张纸。纸上有一幅画,是用女人画眉毛的眉笔画的。一个女孩子,梳着羊角辫,一扇门,门上有一串类似植物的东西,吊着。

这是他们留给我的吗?

这应该是赵保住留给我的,他不会写字,用了这种原始的方式。他想对我说什么呢?

他们突然人间蒸发了。他们为什么不辞而别呢?

走廊里来了一帮人,气势汹汹,声称是十号床的家属,处理医疗事故来了。他们冲进医生办公室,把大夫和护士团团围住,砸桌子摔电脑,说十号病人放疗剂量过大导致肝脏烧伤性损伤,病人已经肝昏迷。主治大夫拿出患者家属的签字,说是患者家属要求加大剂量以期提高治疗效果。可是家属们不依,家属求治的心情可以理解,可你们是大夫应该把关。反正住在你们医院里,你们是主治医生,病人的一切都要你们负责。病人如果有个三长两短，大夫要偿命！医院的保安来了，警告家属，伤害医生是犯罪行为。家属说，有什么了不起，不就是个切乳房的。

在一片混乱之中，十号床还丢失了一个男人的钱包，里边有若干元人民币。人们怀疑是刚刚消失的赵保住干的，因为有人看到他出入这个病房，倒过垃圾，打过开水。不然，他们夫妇怎么会突然离开呢？

穷人是没有尊严的，更何况这个穷人还是个病人。

那个精神失常的女人，长一声短一声地喊，乳房哪儿去了，乳房哪儿去了……

我关上病房的门，把噪音隔开。医院真的不是人待的地方，那些医生护士从事这样的职业真是倒霉，所以他们的脸上是无可奈何的冷漠。

我在想，赵保住夫妇为什么突然离开，在大家设法帮助他们的时候，为什么不辞而别。他们留给我的那张小画是什么意思呢？直觉告诉我，这与电视台来做节目有关，他们不想上电视，这里定有隐情。

这时有人敲门，进来的是护士，她手里拿着一本书，说有一个人让转交八床。八床就是我。《慢病病》，这是一本旧书。我翻过来看封底，下角有一枚我知道这本书是谁送来的。那个爱吃山竹的男人,那个心理咨询师,他从监狱里出来了吗? 书中的空白处密密麻麻地写了字。

## 12. 慢癌症

　　有进化就有癌,癌是人类的正常态。它天生就存在于我们的基因组中,等待着被激活,人类不可能彻底摒弃它战胜它躲避它。我们注定在基因里携带着这种致命的负担,这是人类的宿命。因此一心想征服它消灭它,就像人类征服自己消灭自身一样荒谬。

　　癌细胞是正常细胞的异化或者变异。凡是正常细胞所具有的特征,癌细胞都有,并且比正常细胞更强势,有无限复制生长的能力。癌症本身也是生命体,与生命一样,充满着生存的智慧。

　　人类与肿瘤之间的战役是一个稳中求胜、对抗求和的过程。歼灭肿瘤细胞同时也会歼灭正常细胞,而癌细胞比正常细胞更活跃更有耐力更智慧，一旦自身免疫能力、体力和体能趋弱时，癌细胞反攻倒算更加疯狂。若能采取彼此共存长期瓦解持久消耗的战术，就可以在制约肿瘤进展的同时，实现提高生活质量延长生命的目的。

我们要的是延长生命，而不是消灭死亡。我们不能消灭死亡，那是人类的终极目的。

化疗，蒙着双眼的射手。

宁可错杀三千，不能放过一个。癌死了，人也死了。百分之七十以上的患者不是死于癌症本身，而是死于极度恐惧和过度治疗。很多人甚至没坚持到治疗过程结束。表面是死于癌症，实际上死于创伤性治疗过度，癌症只是担了个名声。科学统计表明，化疗次数越多，放疗剂量越大，创伤性方法用得越多，复发转移率越高，死亡可能性越大。放化疗这把双刃剑，在杀死部分癌细胞的同时，又增加了癌细胞的生存压力，促使癌细胞进一步突变。最终使癌细胞战胜了正常细胞，让结果走向我们愿望的反面。对于部分患者，化疗放疗是饮鸩止渴。

规范治疗是天大的笑话。每一个患者的癌症都是独一无二的,每一个癌症的基因组都是独一无二的。正常的细胞都是相同的,恶性的癌细胞各有各的突变。基因不是规范的,细胞不是规范的,规范治疗从何谈起,国际标准从何而来?所谓的规范化疗,是人类的自欺欺人,是医学的想象。我们蒙着眼睛射击,射中的有,撞上了。

　　20世纪就被国外摒弃了的大面积创伤性治疗和大剂量联合化放疗,为什么在中国愈演愈烈?这背后有巨大的利益驱动,研究机构,药企,医院,都要这些可怜的得了癌症的患者埋单。谁敢和命讨价还价?这是多深的江湖啊!


　　《孙子兵法》:"故善用兵者,屈人之兵而非占也,拔人之城而非攻也,毁人之国而非久也……不战时而屈人之兵,善之善者也。"正常细胞和癌细胞不是你死我活,而是要稳中取胜,对抗求和。

　　治疗癌症最好的办法是,适当干预,严密观察。化疗的剂量和次数能少点儿就少点儿,而不是能多点儿就多点儿。癌症是我们身体的一部分,或者就是我们自身。调整生活方式,增强免疫功能,调动自愈能力。最终是患者救治了自己。而不是医生救治了自己。

这是写在空白处的文字,字体娟秀。

醍醐灌顶。天门顿开。

夜晚来临了,赵保住夫妇的床空了。我确认他们不会回来了。但我坚信,十号床的钱包不是他们拿的。赵保住夫妇走了,这一走表明他们选择了不化疗不放疗。我不知道这对他们是福还是祸。

护士通知我明天做化疗前的准备工作,今晚要保证睡眠。

几何命令我赶紧躺下闭眼睡觉。我闭上眼睛跌进一片黑暗,那些化疗的女人,隔着几个房间都能听到她们呕吐和呻吟的声音。

隔壁那个冷瓷似的女人再次进了ICU。她的肝脏被放射线烫伤,处于肝昏迷状态。她的男人守在ICU门口。无疑他是爱她的,他不惜重金,联合化疗,加上高剂量放疗,他想通过狂轰滥炸,把他的妻子从癌细胞中剥离出来。他神经质地抬腕看手表,他盼着噩梦早点儿过去。

几何弓着背用手机上网,他在查找资料,为明天的化疗做准备。

短短的十几天的时间，几何跟过去不一样了。他长大了，有担当了。眼下，我是如此离不开他。看不到他我就心慌，仿佛被这个世界放弃了。他覆在我脸上看我有没有睡着，我闻到了他的鼻息，眼泪流出来。十几年来，我承担了这个人，承担了他的天才，他的自负，他的偏执，他的狷介，他的自私。我背负着这个婚姻，我流落在这个婚姻里，劳作在这个家庭里，消磨着我对生活的信心。那个名叫癌的魔鬼在向我靠近，我浑然不知。那些生了癌的人，一定是心里受了委屈，一定是积累了伤痛，时间长了，任何东西都会发酵。幸福发酵成了福祉，不幸发酵成了恶果。

我伸出手摸几何的脸，需要一个人或者倚重一个人的时候，会生出爱意。

睡意来了，心灵的安稳带来了美妙的睡眠。

——我站在阳台上，阳台上长满了三叶草。阳光照在我的身上像覆盖了温暖的植被。那一棵香樟树没有改变挺拔的姿势。那辆面包车没有改变等待的姿势。那三个喜欢吃山竹的人相拥在一起，天空是他们的，阳光是他们的，心里有大爱的人世界是他们的。他们用他们的爱结了善缘，这是他们的福报。

那个女人，真是个好女人。她用水草一样的声音说，我们爱吃山竹，我们在马路边卖山竹，有一次城管踢翻我们的山竹，他恶言侮辱我们，说我们是城市垃圾。老公准备好了拳头，他握紧拳头看了女人一眼，女人传递了鼓动的眼神。老公像武松出了拳，城管的脑袋就老虎那样开了花。老公被判了十八个月。女人不后悔。老公终于敢打人了，终于能像一个被人宠坏了的人那样放肆地活一回了，老公是个有血性的男人！

她带着山竹去监狱看望老公，他们吃，说，笑，鹣鲽情深。这是他们积累的财富，这是他们的家底，这是他们的底气，这是他们养出来的福气。

晨光熹微，窗外云淡风轻。我用什么感谢那个爱吃山竹的人？我怎么感谢那一家心中有大爱的人？大恩情，无以为报。

我看见窗外霓虹渐次暗淡，一个早晨的醒来，如同一个真相展开。我看一眼对床，那一对夫妇走了，那是跟我一起哭过的人，走了。几何窝在上面睡着了，怀里还抱着那本书，《慢癌症》。

我的这场病，挽救了我们。

我说，几何，天亮了。我有个想法，你一定得听我的。

几何擦了嘴角的哈喇子，含糊不清地说，再让我睡一会儿，蒙大夫八点查房，我就要求她修改化疗方案。

我的眼泪汹涌而出。十几年来，第一次，我们在一件重大的事情上达成共识。我们如此默契，没有用嘴，心领神会。

心里所有的恐惧荡然无存。

## 13. PICC 化疗

PICC 乍听以为是中国人寿保险。简单说，它是用聚氨酯材料做成的一次性无菌外周导管，用于中长期静脉输液，是化疗药物的特殊通道。从臂窝的静脉穿刺，导管直达靠近心脏的大静脉。化疗药物输入后直接抵达心脏大静脉，心脏速度很快的血流迅速稀释化疗药物，分散到全身。避免了药物对血管的刺激，保护了上肢静脉，减轻疼痛感。这个导管要一直保留在体内，直到化疗结束。

我看到托盘上放着 PICC，消毒的碘酒，还有一根针，比纳鞋底子的还要粗。

我躺下来，护士蒙住了我的脸。我深呼吸。要想抵达一个地方，要先修路，粮草先行。我的粮草是那些毒药，这些毒药可以做核武器。我的路就是 PICC，它是一个安全通道。

治疗室有一个护士，长得挺好看。我每一次受皮肉之苦的时候都是她来通知我。后来只要看见她，我就害怕，甚至觉得她长得像一条蛇，细碎的糯米齿上有毒。我心里管她叫蛇护士。

现在作为助手蛇护士站在我面前。我咬牙切齿地说："那些没有杀死我的，让我变得更强大。"

大夫用一根尺子量了臂窝通到心脏的距离，说，四十八厘米。我的胳膊被紧紧地扎住，有两只手把我的胳膊钳住，这两只手就是那个护士的。接着是刺痛。他们以为我会挣扎或者抽搐，死死掐着我的胳膊，像制服一个歹徒。可是我动都没动。我想，是一根针又不是一把刀。我对疼的耐受增强了，眼一闭牙一咬心一横就过了。一个仪器发出响声，他们舒了一口气。大夫说，好了，成功到达上腔静脉。看来对于这个手工活儿，他们也没把握，所以也很紧张。

那是一根四十八厘米长的头发丝一样的管线，漂浮在心脏附近的大静脉，它像一根水草摇曳多姿。我低头看一眼心脏的位置，第一次感觉到心脏离我这么近，如果没有胸腔，它就鲜红火热地跳在我的眼皮下。现在我的心脏又接受了新的任务，要把那些毒药迅速分散到身体的各个部位。

我的身体上多了一个部件，上面贴着一层膜，防止细菌感染。PICC在体外的那部分三天就要用盐水冲洗。它要跟随我几个月的时间,洗澡时要妥善保护它。我想象,如果我想自杀,是不是可以通过这个管道让血液全部流出体外,或者打进去农药让心脏毙命?

蒙大夫反复询问我们,是不是依然坚持改变化疗方案。我和几何同时点头,并且签了字。我们选择了最轻柔的化疗方案,四次,每二十一天一次。二十一天是白细胞受创伤再行恢复的周期。

如果在这二十一天里,正常细胞没有恢复,反而是癌细胞再次复活了呢? 要知道癌细胞比正常细胞生殖能力更强。可是事情容不得我们想这么多,错过化疗的最佳时间,后果自负。

无菌化疗室有两个床位,对床是那个救了丈夫的女人,她的肝脏被放射线烧伤了,放疗暂时停止了,可化疗继续。只要一息尚存,能够承受,他们就要对癌细胞穷追不舍。死马当活马医。

蛇护士推车进来,叫我的名字。来了,该来的来了。

我喊着几何,几何。几何一手提着裤子从洗手间里出来。我拽着他的胳膊,摇着他的胳膊,拖着哭腔说,能不能不做啊?

我看到几何双眼通红,原来他是躲在洗手间不敢出来。

我们躲不开，我们别无选择，我们不敢用命做赌注。这个世界上这么多人，多我们少我们无所谓，可在我们的世界里，我们是全部。

对床的男人抬腕看了一下手表，对几何说，家属最好出去，这事别人替不了，就得自己扛。把这事扛过去就没有扛不过去的事情了。

几何没有动，他可能想，那你怎么不出去呢?

我躺下了。看到一袋子咖啡色的液体，外面用什么东西罩着，怕光。蛇护士先在屁股上打抗过敏的针，打镇静药，接着就把咖啡色的液体接到置管上。一眨眼的工夫，这种东西就进我的心脏了，瞬间会淌遍全身。它像一片蝗虫，扇动着翅膀，张开了铺天盖地的嘴。药滴得很快，半个小时就完了。之后输的是保肝护胃止吐的药。从进药开始就要喝水，几个小时要喝掉六升水，帮助排毒。

没有想象的那么恐怖。我看了一眼外面的天，还是蓝的。

第一泡尿是橘红色的，后面紧锣密鼓地撒尿，颜色越来越鲜艳。十二小时后，颜色恢复正常，我幼稚地认为，毒药被排泄出去了。

仿佛从身体的中心开始，一层一层地向外泛滥。人在波浪之上，五脏六腑挪动了地方，互相碰撞，翻滚。在一口锅里，煮你的心，烫你的肝，煎你的肺，炸你的胃。呕吐，呕吐，掏空胃，再掏肠子，掏空身子，扔到大街上。

想死，真的想死，想得到片刻的安宁。沉浮在空气中，闻到了腐烂的气息。我想快了，再迈一步就到了。天空一片白，白的深处是黑，深不见底。我想这就是死了。

我想留下最后的一句话，我说，水不洗水，尘不染尘——

一滴一滴的水落在我的脸上，冰凉如雪。

不知过了多久，我听到几何喊我的名字。我得活着，我不能死，我得让癌死。我不能让几何变成鳏夫。动了动嘴唇，想一点儿人世间美好的东西，想起一种又凉爽又甘甜的水果。

山竹。山竹。

几何出去买山竹。

我扶着床下地，摸着向前走，趴在窗户前的木头栏杆上，喘气。我看到楼下有几棵树，槐树，杨树，白玉兰，只是没有香樟树。我如果跳下去，会落在那一丛冬青上,那冬青绿得像一堵墙。

我挂在木头栏杆上,没有纵身一跳的力气。又一阵大口呕吐过后,心回到了心窝里,一口气从脚底提了上来。命又附在身体上了。

我伸着脖子还是看楼下的树,突然看到一个熟悉的身影,大个子,佝偻着腰。由于脑袋太发达,太大,四肢细长,看起来极不协调,那是我的男人几何。他手里提着东西,绕过一辆车,急匆匆地走,被什么东西绊得跟跄一下,山竹滚了一地……他猫着腰一个一个地捡。

十几年前,我与这个男人一见钟情。他的落拓、特立、羞报,是那么与众不同。我孤注一掷地迎上去,像迎上了一座山峰,从此就开始了跋涉。如果没有这场病,我们就各奔东西,另投高明,俗者自俗,仙者自仙了。我们会淹没在茫茫人海里,有时候偶然想起,或者根本就忘记了。两个人过得久了,还是不要分开吧。纵使没有爱情,依靠着动物的习惯性,也不想轻易离开。家里只有一碗饭了,你让给我我让给你最后剩下了。家里只有一个山竹,你舍不得吃,我舍不得吃,最终放坏了。日子长了,生出了恩,生出了义。如果分开了对两个人都没有好处,哪怕受一点儿委屈,都要在一起耗着。爱情是一种情绪，像火着完灭了，走得很快。可是恩情、情义，沉淀在细胞里，谁能一甩头就恩断义绝呢？

吃了山竹，有了一点儿力气，得到了片刻的安宁。我对几何说，化疗也就这么回事。

几何扶我坐起来，护士进来给对床换药。

我啊地叫了一声，几何赶紧用手捂我的嘴。

我看到那个女人的胸部了，像一只烤鸭，是一只烤鸭!

那个没有心肝的护士用钳子夹着碘伏，在烤鸭焦黄的皮上涂抹，皮裂了，里边是粉色的肉，淌出黄水。

他家的男人背过脸去，抬腕看一下手表。他家的女人闭着眼睛，脸上一点儿表情都没有，仿佛一大半都死了。

几何用身子挡住我的视线，我的身子抖动起来。

房间重归平静，什么都没发生过一样。

几何把一只山竹递到那个男人手里，男人点头致谢。男人剥开山竹，取一瓣放在女人的嘴边，女人的嘴唇一动不动。男人自己嚼了果肉，对在女人的嘴上，女人有了吮吸的声音。女人叹了口气，男人也舒了口气。就这样这个女人吃了一只山竹。

几何示意男人到外面去，男人示意我照看一下女人，我点了点头。从他简单的一个眼神，我看出来，这是个内心柔软的男人，心思绵密。我无法把他和所谓的"双规"联系起来。

我听得几何在门口说，是不是考虑停止化疗，身体损伤这么大，免疫系统遭到严重破坏，即使癌细胞杀死了，已经没有了滋生正常细胞的环境。哪怕停一下，观察一下，给身体一个喘息的机会……

我看到那个女人眼皮睁开了，转动眼珠四处看了一下。她突然向前伸出一双手，喊了一声什么。男人冲进来，扑向自己的妻子。女人把一只手插进丈夫的头发里，安静下来了。

男人突然放声大哭。他不顾一切地号啕，震得整个房间嗡嗡地响。

自从我住进这里，这种情况不止一次地出现。男人，也就是家属，面对化疗反应的女人，频频失声。而女人们忍受化疗，多半是为了家属，这样能让他们安心，能让他们看到希望，能让他们感觉自己尽了心。

夜幕降临时，那一对夫妇依偎着睡着了，他们有着均匀的呼吸。

我和几何对视了一下，微笑了一下。有一种感觉心照不宣——比起那个女人，我的情况轻多了，或者就根本不是个病。我们俩手握在一起，几何还坏兮兮地抠了下我的手心。我们高兴得仿佛占了谁的便宜。

三天的化疗结束后，我们和那对夫妇分开了。

几何真的是一个天才，他综合了网络和专业书籍的一些说法，形成了自己的一套观点。

癌症只是慢性病，它是表现在身体某一部位的一个全身性疾病，因此不能头疼医头脚疼医脚。

癌症不是一天得的，也不要想一天治愈。身体是一只碗，不平衡了，倾斜了，水洒了。先把碗扶正了，水也就平稳了。也许倾斜用了多久，扶正也要多久。

抑制癌细胞的生长，放化疗只能起到暂时的作用。放化疗治疗的是长了肿瘤这个结果，而我们应该寻找的是起因。真正长效的方法是调动自身免疫系统的力量，东风压倒西风。要想长期活着就要靠自愈力，而不是靠化疗药。大夫治愈的是我们的病，自身治愈的是我们的命。

放化疗的药物在身体里很难代谢，会形成新的病源。对它的使用要少之又少，它是一本高利贷，身体要加倍还的，甚至还得血本无归。

他像个传教士给患者和家属宣传他的理论,没几天工夫,有两个化疗患者跑路了,其中一个就是丫头。她给亲人留下信息,她说她化疗是为了不让母亲绝望,她肯定说服不了母亲停止化疗,所以带了钱一走了之。

医院的大夫和护士开始排斥几何,他的"一家之言"给医院带来了负面的影响,破坏了医院的正常秩序。几何像个地下党一样,看见医生或者护士来了,赶紧变换话题说,您吃了吗?

有必要说一说化疗后的第十四天。

化疗结束的那一天往后七天,体内白细胞开始下降,如果白细胞数量低于三千就要打白细胞集落刺激因子,俗称升白针,胳膊肌肉注射,每支一百八。我在第八天的时候,白细胞数量三千五,第九天的时候,两千八。几何说,最好你自己长出白细胞,这对你的细胞生殖能力是一个考验,再坚持一天。第十天恢复到三千五,第十一天完全正常了。几何说,扛过来了,还在我的屁股上拍了一巴掌说,你这种体质适合抗癌,真棒。大夫照常给我们开升白针,我们反正是公费医疗,趁机把升白针送给农村的患者。挺开心。

我的手指甲和脚指甲变黑,关节变青,伸出手来像乌鸡爪子。我像一只蜈蚣满身毒气。我的体内正经历着一场革命，打碎一个旧世界，迎来春色满人间。嘿嘿。

第十四天的早晨，我起床照镜子。我一动自己的头发，有一大把就粘在我的手指上了。另一只手插进头发里，一捋，又是一大把。出家人为什么要剃度呢，人没有头发了凡尘的心就死了。

我的眼泪又冒出来。蹲在地上，全身瘫软。

几何把我拽起来，说，掉头发又不疼有什么好哭的，半年就长出来了。

等他再进病房时，我差点儿以为什么人走错了门。他顶着一颗青皮大光头，他摸着头顶，脸上三分羞涩地说，俺俩一样了，一丘之貉，呵呵。

两三天的工夫，一头秀发就没有了，干脆彻底理了大光头。接着全身的毛发都没有了，眉毛，睫毛，体毛，像被开水燀过的白条鸡。

我们俩光头坐在病床上相互照耀，交相辉映。他捏一下我的脸蛋说，小尼姑，和尚捏得我捏不得？

我没心没肺地笑，心想，得个小小的癌症也不是太坏的事。

从网上买了个假发，戴上，人模狗样的。

二十一天一次化疗。这二十一天是这样安排的：前三天输化疗药物和配合化疗药物，死去活来。之后每三天抽一次血，检测白细胞量，这几天白细胞迅速下降，形如槁木。第十天左右，白细胞下降到极限，打升白针，拆了东墙补东墙。十四天左右白细胞恢复，死而复生。后面的一周努力加餐饭，恶补，喝五红汤直喝到吐。刚捱过一口气，转眼到了二十一天，闭着眼裹革上阵，舍得一身剐。

第三次化疗的时候，我的PICC出了一点儿问题，外置的U形管渗漏，要把渗漏的那一点儿截掉。我又一次躺在治疗室的床上，蛇护士过来了。害怕得要死，江湖愈老胆子愈小啊。蛇护士用天使般的声音对我说，不要紧张，我动的是你的鞋子，不是你的脚。

多亲切的声音啊，宛如天籁。我兀自坐起来，深情地看着她说，你长得真漂亮啊。

## 14. 切错了

敬爱的 PICC 离开我了，蛇护士用纤细的手指一拽，漂浮在我心脏附近的那根线就出来了。我自由了，任何强加在我身上的东西都没有了，我高兴得想唱歌。幅度很大地洗澡，从那条胳膊上搓下了几层皮，啊，痛快得想骂一句脏话。

几何提着大小包裹，我跟在后面，我们出院了。和大夫道别，和病友们道别，竟也充满了依依之情。我们的那本《慢癌症》传遍了每一个病房，再没有传回到我们的手里。几何说，就留在这个医院，后面还有很多人需要它。

坐在车上，回望一眼妇女保健医院，跟我刚进来的时候一模一样。那些排着队等待手术的女人，穿着五颜六色的衣服，背着花红柳绿的包，她们怀着忐忑之心共同奔赴一个地方。当时我和刘一朵就站在那个地方，我穿着蓝色的衣服，她穿着黄色的衣服。我们伸着脖子向前张望,企图看到我们的未来。那些可怜的女人,什么样的命运在等着她们啊,至少有一半的人,不是她们向未来走去,而是未来向她们走来。女人一出生就背负了这样的宿命,这就是第二性的悲哀。

车发动了,再看一眼我待了整整一个季节的这个地方,除了植物更加勃发,这个地方真的和我进来时一模一样。不一样的是我自己。我有什么东西落在这个地方了。那个女人的声音又传了过来,乳房哪儿去了,乳房哪儿去了……乳房,我们身体的一部分,它只是先走了。像你身边的一个朋友,一个亲人,先走了一步。我们想念怀念是难免的,但我们终究会共赴一处,从这个意义上讲,我们最终没有分离。

堵车,堵车,人们匆匆忙忙往前走着,赶着,去往想去的地方,大家都那么急。女人们穿着最适合自己的衣裙,挺着胸,那是她们与生俱来的骄傲。

所有的女人都有,我没有了。

在病房里,所有的女人跟我是一样的,已经忘了缺陷。而此时,大街上,人流里,我跟所有的女人都不一样。

大家都有,就我没有了。大家都有,就我没有了!

车戛然而止。几何掉过头来,有点儿不高兴。他说,给你说过多少次了,开车的时候你不要一惊一乍的。不就是头发嘛,一把韭菜,用不了半年就长出来了。

他以为我说的是头发。或者他故意指鹿为马。作为癌症病人的家属,要有超出常人的智慧。几何进步真快呀,他会避实就虚了。

很快就到了小区门口,香樟树在,咖啡店在,孩子们在。如果这十几年我有正常的生活,那些孩子们,此时,会有一个,张开双臂向我扑过来。

我,一无所有。

上楼,开门。头顶叮当作响,哦,是一只风铃。几何说,是赵保住在街边上买的,说第一次上人家得带个东西。

这是中国人的礼数。这礼数挺好,看到这个风铃我就会想起赵保住夫妇。

终于回家了,自己的家多好啊。

我拿起了抹布,抄起了拖把,换床单,洗窗帘。过去为了做家务还委屈生气,真是太傻了。擦地板多愉快啊,清洗厨房多幸福啊。能忙忙叨叨过日子,哪儿都不疼哪儿都不痒地活着,好死了。

歇下来,天黑了。黑这种颜色,是世界上最美丽的颜色,因为它包含了所有的颜色。在这个包罗万象的黑夜里,我和几何并肩坐下,这真的是一个不错的结局。空气突然那么安静,我们几乎要屏息了。几何的手摸索着抓住了我的手,我下意识地还往回抽了一下。

两只可怜的手摸索着,顺着脉搏,摸回了过去生活的线索,或者摸向了未来生活的预期。

好的夫妻,两全其美。不好的夫妻,两败俱伤。

躺在床上,谁也不好意思动。他还是借用了手,放在我胸前的那片废墟上。上上下下地摸,仿佛数不清我有几根肋骨。我能感觉到,这与性没有关系,与情爱也没有关系,这是亲情,是对亲人的疼,是心疼。


几何因为夜间工作,为了不打扰我,大多睡在书房里。白天饭菜端上来,他依然说,筷子呢?

生活回到了原点,似乎连一点儿接缝都看不见。

我服用一种叫三苯氧胺的药物,降低体内雌激素。我想,我会不会第二特征消退,变成一个男人?那也挺好,做一遍女人再做一遍男人,或者雌雄同体,啊,占大便宜了。

还是不愿意见人。邻居敲门借个什么东西,查水表的,送纯净水的,送快递的,我哧溜一声钻进卧室里。

我甚至不敢上阳台,怕看见香樟树、咖啡店,还有那辆面包车。

我不想出门，怕门。刘一朵说，怕什么就盯着看。我盯着门看，看那串风铃。

三苯氧胺的副作用马上显现出来了，全身二百零六根骨头转着圈地疼，尤其是天灵盖，像上了紧箍咒。我上网查，服用此药后，就会出现潮热、心慌、胸闷、失眠、焦虑、骨痛等症状，是雌激素下降后的类似更年期反应。

还有一个更重要的问题，化疗期间吃过的东西，看见就吐。鱼、肉、蔬菜、红色的饮料、咖啡色的物品，在医院见过的任何东西，都会让我翻肠倒肚。

我和几何考虑要离开这个地方了。换个环境，对我很有好处。几何说，我没有职称，没有职务，我啥都不是，只有一肚子的知识，最适合像孔子一样到处游说。几何说，我们前期选择了最有准备的治疗方案，没走一点儿弯路，既然癌症是一种生活方式病，那离开原来的环境和生活是改变身体状况最好的方式，橘生淮南为橘，生淮北为枳，所以我们的前途在远方。远方很多，我们去哪个远方呢？几何说，世界上还有四分之三的人民在受苦，我们就去看看那四分之三的人民吧。几何说，什么都没有真是一身轻，只是这套房子是累赘,当初我说不喜欢新房子不喜欢新房子……

同时我也了解到,像我这个级别的乳腺癌完全可以做保乳手术。我符合做保乳的条件,肿瘤小于三厘米,与乳晕的距离大于一厘米,淋巴零转移。癌细胞的运动途径根本不是向着周边扩散,而是跳跃式向着肺、骨、脑转移。所以早期乳癌的改良根治术是没有意义的。

天哪!我立刻跳起来,在房子里转了一圈,把桌几上所有的东西划拉到地上,用脚踹,天哪!我给几何拨通电话,喊,切错了,切错了!几何正在上课,我把话筒摔在墙上。

等几何回来,我的刀口崩开了,流血,患侧的胳膊肿得像个萝卜。

赶紧去医院。临近妇女保健医院,看见血红的几个大字,我开始条件反射地呕吐。

处理完刀口,我就冲进蒙大夫的办公室。我拍着我的胸腔说,我应该做保乳,你们的治疗是错误的是不负责任的。

蒙大夫看了我一眼,可能是见多了,她宠辱不惊。她打开电脑,可能是在找我的病历。她说,你的肿瘤已经浸润,做保乳需要放疗,放疗对人体的伤害也许一生无法消除,因此放疗后五年之内不能怀孕或者终身不能怀孕。我们征求过你家属的意见,他不同意术后放疗,也就是说,他选择了保护你的整个身体,选择了以后的怀孕,而没有选择保留你一只乳房。

我回头看了一眼几何,他赶紧把脸别过去。

不管怎么说,我是有可能保乳的。病房里那么多姐妹,几乎都是什么狗屁改良根治术。医院遵循的这个国际规范的治疗方法,绝对涉嫌过度治疗。

我一心痛,就说不上话来,只能不顾颜面地咧开嘴痛哭。

蒙大夫用鼠标拍了一下桌子说,我们为每个病人做的治疗方案都尽可能地接近科学,请你不要在一个小小的乳房上纠缠。十床的病人刚去世,她生前最大的愿望是能和你们一样切除乳房。

我张大了嘴。

蒙大夫继续说,很多患者或者家属要求把另一侧乳房都切掉以防止复发。这个道理很简单,没有这个部件了,就不可能在这个部件上得病了,皮之不存毛将焉附。我们有命才能活着,不是我们有乳房才能活着。

再回到家里,我就不想说话了,无话可说了。世间万物都有它的道理,我得顺变。顺变,需要大勇气。

但这件事无论如何成了我的心病,我对几何心生怨怼。道理我认,但我对几何不能宽宥。

收拾东西,又看到了赵保住留给我的纸条。一扇门,门上的一串东西,一个扎辫子的女孩子。我恍然大悟,这不就是我的家吗?一扇门,门上一串风铃,还有一个女孩儿。明白了,赵保住在我家里看到一个女孩儿。他在提醒我,在我住院期间,我家里有一个女人。

我对几何说,你买菜,你做饭,你洗衣服,你熨床单,你擦地板,你擦玻璃,我以前干的你都要干。你不要想找钟点工!

几何笨手笨脚地做这个做那个,因为没有章法,家里乱作一团。我不满意,把手头的东西都砸了,沸反盈天。他终于忍受不了了,想夺门而去。我指着窗户说,你如果敢走,我就比你先到楼下。几何大叫一声头撞门框。

光脚的不怕穿鞋的,胆大的怕不要命的。隐忍的人就是要得病的,那些癌细胞就是攒下的委屈和忍耐。我要改变我过去的生活方式,我要改变过去的行为方式,我要改变癌细胞生存的环境,我要自愈,我要自救。

原来伤害别人很容易啊，很痛快啊。

几何切菜把手指当成菜了。他把菜刀往案板上一扔说，你，进手术室的时候说什么啦？你说话不算数！

进手术室之前，我说"我爱你"。几何后来的改变可能缘于这三个字，这是我对他的鼓励。即使一个多么不愿意付出爱的人，他也想听到这三个字。想得到爱是一个人的天性。

早上起来，看见他撅着屁股刷马桶呢。晚上，他蹲在那里擦皮鞋，蹭几下还吐一点儿口水。因为手的协调能力差，鞋刷几次都掉在了地上。他像一个敬业的鞋匠，神情是那么专注、谦逊，那么心甘情愿、责无旁贷。

我的眼泪喷涌而出。这是我想要的那个人吗？我这么多年对他的期待、承担、背负和宽容，就想让他成为这个样子吗？

听到动静他转过头来。他的眼神是被伤害过的。嫌弃，软弱，躲闪，忌恨，冷漠，嘲笑。我看到了我过去对他的眼神，过去这种眼神属于我的，现在还给他了。

我看出来，他是水里浸泡过的竹子，表面柔软了，内心依然坚硬。

这对我是个安慰。

门铃响了,我拿起对讲机。一个女孩子的声音:师母,我是几何老师的学生。

好,母狼出现了。

我赶紧戴上假发,在镜子前照了一下。我做出龇牙咧嘴状,预演着对马上就要发生事情的应对。

老娘是得过癌症的人,老娘是割过乳房的人,老娘是做过 PICC 的人,老娘是做过化疗的人,老娘是个秃子,老娘还怕谁?

是一个小巧的姑娘,白皙,爱笑。她说,几何老师说师母爱干净,我把房子收拾一下。她径直走向卫生间,撸胳膊挽袖子就干起来。看来她是轻车熟路的,没多久就搞定。最后,她把门口的几双拖鞋拿到卫生间,她蹲在卫生间地上洗鞋底子。哎呀,这个做法,这个程序,跟我平时干活儿一样样的。我看见她弯下腰露出背部的一块肉,白嫩,鲜美。真年轻,真健康,真好看啊。

我没有妒忌,心情瞬间就好了。

姑娘乐呵呵地走了。

后来又来过几个姑娘,都干净而好看。我不知道她们中的哪一个是想给几何生孩子的人。

我一直没有跟几何说起赵保住留给我的画,我不会用这个小事损耗我仅剩的自尊。这对于我已经是再小不过的事了。一个没有生过孩子的女人,应该还是一个小女人,使小性子,吃醋,撒娇。我不会,我曾经沧海还在乎这一滴水?

我的头发长出来了,有一点儿自来卷。修剪成大男孩儿的发型,配了木质大耳环,我可以下楼了。

香樟树旁,面包车在,女人在。她留长发了,挂面似的垂着。我们面对面站着,笑。

坐在咖啡店,女人说,让我猜猜,这阵子你干什么去了。

哦?她知道我的事了?我感觉到潮热来了,从四肢蹿着涌向脸部。我的脸红了。

她说,你去希腊了,去雅典了。

哦,我穿了一件白色的长袍,廓形,是为了掩饰上半身的缺陷。

她说,我在一本书上看到过雅典的新娘婚纱,简单的白色长袍,天然的色泽和肌理,头上一个花环。这是我最喜欢的结婚礼服。等我老公出来了,我想穿上这样的衣服补个婚纱照。

她把头发往耳朵后掖了一下,低着眼睛说,本来几个月前就期满了,我和大音提前粉刷了房子,换了家具,晒了被了,擦了玻璃,我们做好准备迎接他回家,可是三个月前……

我抓住了她的手,三个月前怎么了?

她叹了口气说,他又闯祸了。都是我平时怂恿他,惯他,都是我的错。他的罪很轻,看管得也不严,就要出来了嘛。可他趁监管不备从监狱里跑出来,为一个生病的女人送一本书。这本书对这个女人至关重要。这个女人对他至关重要。结果刑期又增加了半年。

我没有责备他。探视时,我问他,你是不是喜欢那个生了病的女人。他说,是的。我说,那人家喜欢你吗?他说不知道。

他从来不骗我。我的心里五味杂陈,酸咸苦辣甜,最主要的还有甜。他喜欢一个人是愉悦的,他愉悦,我也是愉悦的。

如果有一天他和另外一个女人有了爱情,我会放他走。但是我们有一个共同的家这个事实今生无法改变,这里永远是他的家,回家的路他认得。任何爱情无法稀释我们的感情。一个人可以抛弃无数段爱情,但没有人能抛弃亲情,那是用血肉做成的一根绳。爱情相对于家,不过一个肤浅的形式。

我呆若木鸡。端起咖啡,干呕。

分手时,我突然做出了一个决定。我对她说,我要离开这里了,要走很长很长时间,也许会去希腊,或者更远的地方。

她过来拉了一下我的手,说,走到最远的地方,穿越千山万水,再从最远的地方折回来,再穿越万水千山。

她的眼睛是那么明亮,我从她的眼眸里看到了另外两个人,老公,大音,都是她心尖上的人。相由心生,这是一个看了很多书的女人,她的心里有爱和诗意。这是一个绝美的女人。

我抬头看着我家阳台上的三叶草,说,我能不能托付你一件事?她点头,笑。我指着有着三叶草的那个阳台说,你们全家帮我看护那个房子吧,你们必须住在那里,我们回来后,房子是暖的,三叶草是绿的。

## 15. 千山万水

出发了。远方是新鲜的。一口吸尽千江水,一口吐出万里山。如果把身心腾空,再投入进去的是另一个世界。你是新的,世界就是新的。

三年后,我和几何落脚在希腊。这是我们三年来居住过的第五个地方。每到一个新地方,我们租住简单的平房,种菜种花。几何出去工作,他教汉语,教几何,教文学,教历史,教哲学。我身怀六甲,迷恋从大自然长出来的各种颜色,迷恋芸芸众生世相百态,迷恋世界各地稀奇古怪的服装,迷恋几何的才华。我腆着大肚子,倚在门框上,等待他回家。远远地看着他回来了,手里还晃着一把芹菜,两个人咧着嘴笑。我见青山多妩媚,料青山见我应如是。

临近分娩的时候,几何想家了。他念叨阳台上的三叶草,门上的风铃,小区的香樟树、咖啡店。离开家的时候,他要去看天下四分之三的受苦人,现在我们连十分之一还没有走完,几何就想家了。女人嫁了人丈夫就是家,可男人只认故乡。

我们出来时身上剩下了一些人民币,一百的,二十的,一块的,几毛的。他把花花绿绿的票子贴在墙上,没事看它们。我们去看七百年前的雅典建筑,几何说,那个时候我们的包龙图打坐在开封府上。坐在小酒馆里,他说他想喝花雕。他说他想念中国的青铜器、紫檀木、方块汉字、成语词典。他说,中国,中国,文质彬彬,君子之国。他的脸上充满了忧虑,居庙堂之高则忧其民,处江湖之远则忧其君。他在梦里呼喊着那个国度,伸出双臂拥抱它。他不放心多少年来供养他的那片天地,那些父老乡亲。

我们的女儿出生了,名字叫红薯。做了父亲的几何一脸羞赧,他端着一碗小米粥说,敬你一碗小米粥,你四岁了。

是的,我四岁了,以后的日子长着呢,我将慢慢地生长。

我把红薯放进几何的臂弯里,作为妻子,这是一个交代。这是一个传承,我们母女爱户主爱家爱生活,前赴后继。

我用一只乳房喂养她,我们共同生长。我已经习惯了一只乳房。在公共场合,红薯撩起我的衣襟,找奶。我一只奶头上吊着红薯,和一些善意的人打招呼。两只乳房的我,已是我的前世。谁整天没事老想自己的前世呢?

几何问我什么时候回家呢? 我说,等红薯长大了,她说啥时回家咱就啥时回家吧。


出来三年多我们没有任何通讯工具。几何出去上课时,我抱着孩子到有互联网的地方,向我们中国的亲朋好友们报告红薯出世的好消息。

一台电脑,连接了远隔千山万水的家乡。那家医院,妇女保健医院,原来我对它是那么牵挂。

我上了医院的网站,得到了一个坏消息,一个好消息。

坏消息是关于那对官员夫妇的。妻子死于放疗后的脏器感染。妻子去世后,丈夫极度悲痛,极度自责。他如果不是那么急于求成,妻子自然死亡的进程至少有两三年的时间。如果能慢一点儿,妻子还活着。有一天在家,突然听得外面急促地敲门,丈夫以为他又要被"双规"了。他抱起妻子的遗像从窗户一跃而下。其实敲门的是邻居,邻居的孩子发生惊厥,怕120堵车,想借用他的车去医院。

那两个看上去很优雅的人走了。他可能没有来得及看一眼腕上的手表，人生止于抱起妻子的那一刻。

好消息是关于刘一朵的。一段视频：一个南方女子十几年前被拐卖到北方农村，生育一男一女。三年前在妇女保健医院进行晚期乳腺癌手术治疗。现成为妇女保健医院乳腺科志愿者。一个患者从手术台上跳下来，情绪激动，跟我当初一样，胸前裹着纱布，一头就撞在门框上。这时，一个女人迎上来，伸出双臂，抱紧患者。她一只手拍着患者的后背说，不要怕，不要怕，有我呢。你看看我，我和你是一样的，你看我活得不是很好吗？

她依然穿着那件明黄色的衣服。

我的脸上爬满了泪水。这个翻越了千山万水的苦命女子，没有爱情，没有财富，没有健康。她残缺的胸脯，每天要迎接多少因恐惧绝望而颤抖的心脏。她的脸庞清冷如月色，因为挂满怜爱而显得那么慈悲。

我的手在键盘上迟疑，我还想得到那一家人的消息，可是我不知道他们的名字。我小心翼翼地百度"某某城市流动书店"。

我找到了一个叫"三叶草"的博客，进了空间。

啊,有很多图片,都是我熟悉的。门上的风铃,阳台上的三叶草,还有我家各个角度的照片,跟过去不同的是,房子里多了一些书架,层层叠叠的书直到屋顶。

有一张一家三口相拥的照片,背景是香樟树。妻子靠着老公的肩头,孩子为了让自己高一点儿,站在父亲的脚上。他们的笑容相似,甚至长相也相似。他们的爱沦肌浃髓。他们已经不是某三个人,他们的身上长着彼此的细胞和基因,他们同体共生。

我的目光落在另一张照片上—— 一本连环画,《一块银圆》。那个时候我们叫小人书。小人书很旧了,泛黄的封面上写着三个稚拙的字:林似锦。

我认出来了,这是我小时候压在枕头底下的一本小人书,这本小人书一度哭干了我的眼泪。

——为了一块银圆姐姐被卖给了地主李三刀。有一天老地主婆死了,我和娘看到一架马车上坐着一对童男女,手里捧着银色纱灯,那个女孩子就是姐姐。我喊姐姐姐姐不应,原来,李三刀为了给地主婆陪葬,给姐姐灌了水银,把穷人家的孩子毒死了……

记得我把这本小人书送给了苗苗孤儿院里的一个男孩子。那个男孩子经常把大脑袋从铁丝网里伸出来看外面的世界。他长着一头鬈发,像《流浪者》里的拉兹,我很喜欢他。我把小人书从铁丝网的格子里塞进去,撒腿就跑。后来我们搬家走了,我再没有回到那个地方。

下一张照片,是一个男人的背影。

十几年前,在法庭上,我急着想看清的那个人,只给我留下了一个背影。他急匆匆地走了,像一幅剪纸。

在某些情况下,一个人的存在本身就是对另一个人的安慰。哪怕背影对着背影。哪怕远隔千山万水。

他说,我不能不吸烟。

我嗅到了烟草味,极纯粹。

我们可以不在一个时空里,但必须在一个境界中彼此仰望。

中国人常说老天保佑。

老天保佑!

黄昏,异国,河边。我从河水里打量自己的身体。我的心已经宽容了它的残,谅解了它的丑。就像我的男人和我的孩子,无论他们什么样我都会接纳它们恩宠他们,他们是我的,我的一部分,甚至就是全部。

我抱着红薯,绕过一院的三叶草。我做熟了饭,去找几何。我扯开嗓子喊,几何,回家吃饭。几何,回家吃饭!

病隙笔记：

谁能把乳房举过头顶

我们生活的这个星球大约有35亿女性,应该有70亿只乳房。实际上,这世界上存活的乳房远远小于这个数字。全世界每年乳腺癌发病160万,一年大约80万人失去一侧或双侧乳房,一年就是100多万只乳房。那十年呢,五十年呢?那些脱离女人身体走失了的尤物如果排成队列,足足可以绕地球一周。

## 1

乳腺科病房长长的走廊,两侧摆着绿萝。一个保洁员抱着几束鲜花,把脸从花里伸出来,跟我笑——病房里的鲜花太多了,不舍得扔,放在公共洗手间或者直接送给保洁员。保洁员抱着这些鲜花到医院外卖鲜花的地方,以很低的价格把鲜花卖出去。

最后一次化疗结束了,心情如期好起来。艰难的事情终于过去了,难免心生喜悦。我也用微笑回应保洁员,今天看到她很亲切。但我屏住呼吸,怕嗅到刺鼻的花香。化疗期间令我厌恶的味道和颜色会条件反射地引起肠胃反应。

今天我出院。我出院离开这里,不是说我身上的癌细胞没有了,也不是说暂时休眠的癌细胞不会卷土重来。只是医生的手段用尽了。出入妇女保健医院半年之久,临了,渐渐消弭了对它的恐惧和厌恶。就像对这场疾病,渐渐培养起了与它共存与和解的心态。吃五谷杂粮就要生病,就像太阳有正反两面,我不过是走到了太阳的阴面。它不是羞耻,不是灾难,更不是瘟疫。每一个有生命的人,都有可能遭遇疾病,谁也不要嫌弃谁。它是我们另一部分的生活,是生活的另一层含义。

只是在谈癌色变的今天,癌症患者被赋予了死亡的预期,比如医学界评价乳腺癌的生存率,五年生存率80%。这给人一种错觉,只有80%的患者可以活到五年。其实不是这样的,正确的解释是,五年生存率为80%,五年后没有发展即可视为痊愈。但是我不明白,医学界为什么要用五年作为生存率的时间标准,这让大多数患者和家属误认为得了癌症很难活过五年。人的一生都是弹指一挥间,五年更是打了个喷嚏,因此用五年做参照时间,很让人恐惧。对于这一个脆弱的群体,医学和媒介异口同声,无形中加大了癌症患者和家属的心理压力。

中国的三甲医院对于乳腺癌实行国际规范化的治疗——手术,化疗,放疗,内分泌治疗,靶向治疗。不论种族,所有得了乳腺癌的女人或少数的男人,都用这种治疗方法按部就班地医治。当所有的治疗手段用完之后,医学便算是对患者尽了心,剩下的,就看你自己了。这多多少少有点听天由命自生自灭的意思。医学有它的局限性,医生可以治病,但治不了命。

关于放化疗的效果,众口不一。先说说什么是化疗和放疗。化疗是利用细胞毒性药物杀死肿瘤细胞、抑制肿瘤细胞的生长繁殖和促进肿瘤细胞分化的化学治疗方法,是一种全身性治疗手段,通过口服或注射,对原发灶、转移灶均有治疗作用。放疗是用射线电离辐射的生物学效应杀死肿瘤细胞,是局部治疗。临床上讲,放化疗对暂时控制肿瘤有绝对的效果。但没有一个医生会告诉你,放化疗医治的,只是已然发生的事情,它只针对既成事实的。那么,如何才能改变癌的根源呢?癌变的根源是细胞突变,医学有办法让细胞不突变吗?没有。一只母鸡孕育了一只臭蛋,我们对这只臭蛋百般医治,可怎么能让母鸡不再下臭蛋呢?

不知道。

还有最后一件事——去见我的主治大夫,她要给每一个出院的病人下医嘱。穿过一间间病房、心理排忧室、护士工作站……我在玻璃门上照了照镜子,我戴着假发,配着义乳,像一个堂而皇之的假冒伪劣产品。

推开蒙大夫办公室的门。

蒙大夫的对面站着一个女人,看见对方,我们彼此都有点不自在,想躲避却是来不及了。蒙大夫对我招了一下手说,快来,我要上手术台了,这是你的出院报告单。我走上前去,站在那个女人的旁边。蒙大夫握着鼠标看着电脑屏幕,找出我的病历,说,你们俩的情况差不多,早中期,淋巴零转移,雌激素孕激素阳性,HER2阴性,预后好。"预后"这个词是希腊医学之父希波克拉底在公元前提出来的,就是预告疾病发展的趋势、可能产生的后果和可能康复的情况。对于一个癌症患者,最想知道的是自己还能活多久,也就是自己的预后。针对乳腺癌的预后好坏,有很多个指标,我在网络上学习到的知识,一知半解。总的来说,分期早的,预后好,分期晚的,预后不好。但情况也不尽然,三阴性乳腺癌因为没有后续的有效治疗手段,分期早的也预后不好。除了分期,有一个指标很关键,就是免疫组化里的 KI67。KI67 表达阳性率越高,肿瘤细胞的增殖和侵袭能力越强,低分化,恶性程度高,预后也就差。我的 KI67 是 40%,阳性率中等。

我们的预后好,让人欣慰。蒙大夫用鼠标翻动着我们的病历,接着说,你俩不符合赫赛汀靶向治疗的条件,可以省下一大笔钱。你们的雌激素、孕激素为阳性,属于雌激素依赖型乳腺癌。你们符合内分泌治疗的条件,成本低,效果好。你们的内分泌治疗方案也是一样的。正常月经状态,口服三苯氧胺,每天一片,服用五年。这个药物是阻断和减少雌激素生成的,就是降低雌激素水平,减少雌激素对肿瘤的刺激作用,可以在五年生存率 80% 的基础上再提高 30% 的生存率。内分泌治疗有不同程度的副作用,但利大于弊,一定要坚持服用五年。

还要五年。哦,原来还远远没有结束!这也许才是另一个开始。

看着蒙大夫握着鼠标的右手,前胸又袭来疼痛。这只手看起来单薄、柔弱,可听护士说,蒙大夫一个星期三天手术,一个月要切除 60 只乳房。

蒙大夫继续说,三个月后回医院复查,平时有什么问题避开我手术时间可以给我打电话。她挪动鼠标浏览着我们俩的资料,说,哟,你们俩住在同一个小区,蓝雁城,那里的房价不菲啊。这个病也是一个心理疾病,你们互相照应互相排解啊。

医生是我们的救命恩人,是我们的再生父母,我们对医生又怕又爱。和我一个病房的白舍舍,看见医生就发抖。我看了一眼旁边的女人,互相点了一下头。我们戴着同一个牌子的假发,瑞贝卡。

蒙大夫站起来,要上手术台了,她已经急匆匆地迈开腿了。蒙大夫是我见过的最忙碌的人,她只要一出现,就被病人和家属团团围住,仿佛病人的命就吊在她身上。她最害怕家属问她病人还有多长时间,说实话,天知道。通常她说话的语速极快,停顿的时候赶紧抽一口气。在这里搅和半年了,离开时总应该说几句感谢的话吧。可旁边的女人突然上前一步拽住蒙大夫的胳膊说,蒙大夫,我想知道我的那只乳房……蒙大夫头也不回地说,我给你说多少遍了,不要纠缠那只乳房了。有命才能活,不是有乳房才能活……蒙大夫走了。我叫这个女人 L,因为她还没有结婚,忌讳别人知道这件事情。

我看到 L 的眼泪喷涌而出,她依然精致漂亮的脸蛋变了形。

　　我知道,L是想问蒙大夫,她的那只乳房,那只切下来的乳房,放哪儿了,她要出院了,她想知道她的乳房放在哪里了。

## 2

要离开了。我站在长长的走廊里,一盆盆的绿萝长得一模一样。病房里的呕吐声,家属匆匆的身影,护士一路小跑的姿态,这些,构成了医院最寻常的场景。那些切除了乳房的女人们,一个个的青皮大光头,招摇地在走廊里穿梭,或者三五聚到一起,手里端着五红汤,说着彼此的义乳,仿佛谈着自己家的丈夫和孩子,嗔怪而痴迷。一般情况下,首次化疗后第十四天左右,头发就开始脱落。当第一缕青丝应声而落时,女人们第二次大放悲声。第一次当然是切乳房的时候。化疗需要半年或者更长的时间。起初,女人们戴着帽子、发套,时间长了,天太热了,也就失去了耐性,索性光着头。如果这里都是一些光头的女人,谁还在乎呢?

在这里半年的时间,我接触比较密切的都是和我同时手术或者化疗的病友。有回族妇女白舍舍,三阴乳腺癌,中晚期。三阴乳腺癌是指雌激素、孕激素及人表皮生长因子表达阴性。这种类型在手术化放疗后，就没有进一步的医疗手段了，预后不好。可能是因为钱，怕人财两空，或者还有别的缘故，她总是中断化疗。后来她放弃了放化疗，选择了与癌共生的生存方式。

还有一个姓靳的女人，我管她叫靳子，淋巴转移，家里条件比较好，病人和家属一再要求加大化放疗次数和剂量，配合赫赛汀靶向治疗，无所不用其极，希望迅速灭杀癌细胞，毕其功于一役。结果放射线烧焦了胸部，灼伤了肺叶，由于免疫力极差，伤口溃烂，不愈合，半扇胸骨白森森地露在外面，很快就肺部转移。赫赛汀靶向治疗适用于 HER2 表达强阳性的人，但没有经济条件的人家用不起这个药。整个疗程要人民币三十多万，非医保。后来相关的医疗机构有了买一部分赠一部分的政策，那也要近二十万。问题的关键是这个比金子还要贵的药物，并不能把使用者放进保险箱，只相当于买了一份没有理赔没有受益人的人寿保险。因此很多人也就放弃了这项奢侈的治疗。还有一个女人，不便说出她的名字，她的眉毛长得好看，我管她叫柳叶眉。她和丈夫是二婚，分别有自己的孩子。他们共同生活了五年，女方吃了五年的避孕药。一听说她适合使用赫赛汀靶向治疗，丈夫就提出离婚。她不同意，找当地妇联劝说丈夫。可丈夫起诉离婚，说婚前女方就有乳腺疾病，构成婚姻欺诈行为。关于这些女人的后来，我会在后面提及。眼前要说的是个精神失常的姑娘。

那个精神失常的女孩子又从病房里跑出来了，抓住一个小护士的胳膊说：谁能把乳房举过头顶？你告诉我，谁能把乳房举过头顶？她的家人扑过来，拽她回病房。她挣扎着扭过头来，哀求的眼光粘在我的身上，她说，救救我吧救救我吧，谁能把乳房举过头顶……

我的心沉下去，眼泪掉下来。在这个地方，除了给自己流泪，还要给别人流泪，同病相怜。这个姑娘是毕业不久的大学生，一个网络诗人。自从她从ICU出来，男朋友就再没照过面。第一次化疗脱发后，她开始失眠，焦躁，精神抑郁，之后她又被工作单位解雇，精神崩溃。到精神病院治疗了一段时间后，又回到妇女保健医院化疗。她逢人便问：谁能把乳房举过头顶？这诗句一般的诘问，就像一个漂亮而残忍的隐喻。是的，什么样的男人能撇开女人的身体而热爱她的灵魂？什么样的社会能尊重身体缺失的女人？是的，没有人会把这样的女人举过头顶。

提了简单的行李，走向电梯，病友白舍舍跟在身后送我。第一次知道白舍舍的名字，那是在护士站的小黑板上，我的名字上面就是白舍舍的名字，是第二天手术的排名。当时我想，这名字叫得挺好。她是一个回族妇女，包着黑色的盖头。

半年前她和我同时进的手术室，同时进的ICU，同时站着进去躺着出来。在ICU里，我醒来时第一眼看到的是她，我们都睡在一个类似婴儿床的筐子里，像一口揭开盖子的棺材。我记得她说，鸟叫呢。后来每每想起她的声音，就眼泪婆娑。她说的鸟叫呢，其实是我们身上的监控仪器发出的声音。她已经是中晚期，有手术的机会是幸运的。我俩住在一个病房，一到夜晚疼痛就加重，我哼哼唧唧的，没听到她吭一声。一度我都以为她死了，我不敢往她的床上看，她死灰一样地躺着，没有一丝声息。他男人对她挺好的，一直伏在她的身边，嚼碎了馍塞进她嘴里，几天后她的眼珠子转动了。他男人说，这哈好了，这哈好了。因为中途筹不上钱，化疗中断，她现在还没有结束治疗。病友们对她都好，人病了，心善了。有公费医疗的就把多余的"升白针"给她用，一剂"升白针"180元呢。她也有农村信用合作社的医保，和我们不一样的是，她们要先垫付医疗费，回去再申请报销一部分。一是报销的比例小，二是拖的时间长，或者最后不了了之。实际上患了这样的病，她们根本垫付不起高昂的费用。她说着当地土话，不好听，因此她几乎不怎么说话，光是笑。他的男人戴着干净的小白帽，只要她一换药，男人就蹲在治疗室门口听动静，她一呻吟，男人就冲进去喊，阿么留阿么留？意思是怎么了。问题是他每次都这样，大夫就有点不耐烦，说，每天换药你每天阿么留阿么留，难道你不知道阿么留？有一次我们在理疗室做淋巴疏导，我开玩笑说，你男人对你挺好的。白舍舍突然脸红了。她说，男人对媳妇好，一个庄子的人都对这个女人好。看来庄子里的人待她都不错，所以她总是高兴的，仿佛这场病让她得了便宜。一些朋友来探视，带来一些营养品，我想让丈夫送给白舍舍，但又怕人家不接受，转送别人东西这种行为不知道好不好。我丈夫试探着给她丈夫，他很高兴，一个劲地道谢，说实在的，我心里说不出的难过。化疗后头发掉了，白舍舍正好有盖头，病友们说，白舍舍的盖头派上用场了。可有一天她跟男人说，她看到别的女人戴的发套挺好看的，她想要一个假发套。于是男人过来问我，发套哪里有卖。还说他的婆娘从来没有跟他要过任何东西，他想给她买个发套。要短的，带卷卷的，大波浪的。我看到男人眼里闪着泪花。我想,白舍舍不识字,她不知道她的病的严重程度,因此她看上去一点也不忧心。她真会笑,牙齿很白,仔细看,她长得挺好看。另外让她还能笑出来的原因是,她病了以后丈夫对她特别好,她觉得受宠了。

白舍舍执意上电梯送我。她可能习惯电梯了,刚开始她坐电梯会晕,干呕。可化疗时她却咬紧牙关不让自己呕吐。熬过反应期,我们问她为什么不吐。她有点羞涩地说,化疗药每次八千多块,吐出去不就亏了。听了真是让人心酸。

我接了丈夫的电话,路上堵车,估计半个小时才能到医院接我。

我和白舍舍道别,她笑得脸红红的,感觉她对我有什么话说。果然,她凑过来,一个指头点着胸部说,咱们的那个……

我赶紧打岔说,啊啊,你都有两个孩子了,你男人对你那么好,庄子里的人对你那么好,有没有乳房没关系,没关系。多保重啊,多联系啊。我逃似的往前走,到了大门口回过头来,看到白舍舍还站在那儿跟我笑。我以为她不在意,其实她跟我一样是难受的。再看她笑出一口洁白的牙齿,心酸得想哭。

站在大门口等丈夫，东张西望。铁打的营盘流水的兵，每天都有进来的有出去的，络绎不绝。那些心事重重的女人，进来时胸前是两个，出去时就是一个或者一个都没有了。我进来的时候是隆冬，现在已经是盛夏。马路上的女人们穿着漂亮的裙子，挺着胸，她们都有两只乳房，爱着她们的男人们知道她们文胸的罩杯。有一个八卦的说法，右乳患癌的女人是生了丈夫的气，左乳患癌的女人是生了其他人的气。大量的医学调查表明，乳腺癌是情志疾病，长期的情志不畅是致病的原因。那些健康的女人是幸福的，她们谁的气都不生。回望一眼这家医院，看一眼"妇女保健医院"六个鲜红的大字，我觉得，我已经不是进来时的那个我，我的东西丢在这里了。一个丢了东西的人，就这样走了？

中国乳腺癌每年发病率为0.04%，低于世界水平，但增长率和死亡率高于世界水平。0.04%听起来并不高，这个概率是以所有的女性为基数的，包括刚出生的女婴。可是乳腺癌的高发人群是45岁至55岁的围绝经期的女性，这个年龄段的女人百八十个人里就有一个乳腺癌患者。全世界每年乳腺癌发病160多万，十年呢？五十年呢？那些切下来的乳房可以绕地球一周了。我闭上眼睛，眼前出现了一个星球，一个个带着血的乳房前赴后继地环绕起来。那里边有我的，有白舍舍的，有靳子的，有柳叶眉的，有L的……我浑身战栗，胸部剧烈疼痛，躬下腰身。

身边有汽车鸣笛，一个女人从车窗伸出头来，说，没人接你吗？搭我的车吧。

我脸色煞白地坐在副驾驶座上，努力对L笑了一下。

我和L都住在蓝雁城，她在小区附近开了一家鲜花店，小区里的很多人都知道她。我家那栋楼下有一片绿化带和一个凉亭，我经常看到她坐在那里做小手工或者发呆。当我们第一次在乳腺科的走廊上碰到的时候，彼此下意识地走开，装作不认识。女人最怕在这个地方遇见熟人，尤其是一个小区的，怕说出去。我刚做了手术的时候，只要有熟人来看我，我就满脸通红，像是被扒了衣服。听病友们说，那个女人，那个漂亮女人，从来都是一个人来做化疗。能一个人做化疗，这该是一个多坚强的女人。她们说的就是L。

L手握方向盘，开得慢，她绕着医院转了一圈，我想她和我的心情是一样的。当我们走到医院后门时，看见从医院里开出两辆大货车，集装箱那样的车体，车身上赫然写着四个字：医疗垃圾。

这是一家女性专科医院，每天要切掉十几个乳房，一个月是多少？一年是多少？在这个寸土寸金的地方，这些可怜的东西放在哪里啊？

L侧过脸来惊恐地看了我一眼，突然脑袋伸出车窗，放声呕吐。

## 3

住院大半年，家变得有点陌生。晚上稀里糊涂地上卫生间，一抬头看到镜子里的大光头，还是会被吓一跳。

我登梯爬高地把房子收拾了个底朝天。把在医院穿过用过的物品全部扔掉，这样我就和前面的事情做了一个了断。

但是有一个问题，患侧的胳膊没有知觉，由于切除了腋下淋巴，胳膊麻木，经常水肿，要比另一侧粗一圈。不能提超过五斤的东西，不能劳累。这是手术后遗症，一个普遍的问题，只能调养，没有解决问题的根本办法。通常就是这样的，治疗一个部位的疾病，会损伤别的部位，甚至伤及全身。两害相权取其轻，胳膊水肿或者残疾并不要命，可以忽略不计。还有，身体会不平衡，走路会不经意地踉跄一下，小心一些会避免，这些都是小问题。

坐在窗前晒太阳，头发长出了毛楂，据说涂生姜可以让头发长得浓密，我恨不得拔苗助长。往头皮上蹭生姜，被蜇得龇牙咧嘴。手上的关节依然青中带黑，乌鸡爪子似的，指甲上有粗糙的竖纹。我的身体刚遭受了一场浩劫，修复需要时间。等白细胞恢复正常，加强营养和睡眠，自愈能力被唤醒，东风压倒西风，就可以横扫一切牛鬼蛇神，呵呵。一个病人如果看开了自己的病，知道自己从哪里来必将到哪里去，多半有了一点哲学家的豁达。

过去我擦地板累了会生气，现在我喜欢一遍遍地擦地板，清洗油烟机，刷马桶，甚至把墙面粉刷了一遍。做家务是幸福的，真的，只要不住院，不疼，不恐惧，没有人告诉你你还有多长时间，其余的都是幸福的。

坐下来喘息，欣赏，享受重新开始的生活，心里充满了安慰。我抚摸花瓶、餐桌布、绣花窗帘、豆浆机、补水面膜，这些是我美好的生活。它们温暖，贴心，它们的存在，表明我活着。看着它们，心生感激。走进厨房，橄榄油、大白菜、红辣椒，哦，那芹菜新鲜得枝叶还支棱着，仿佛还在长呢。丈夫下班回来了，如期嗅到了饭香，他抽着鼻子说，是干锅虾吗？是干锅虾吗？男人嘛，最要紧的在嘴上。

表面上,家庭生活仿佛又回到了原处。那一场不幸,像是一部电视剧中间插播的一段广告,过去了。

不同的是每天吃一片三苯氧胺,降低雌激素。雌激素是个什么东西,以前根本没有留心过,看不见,摸不着,谁管它是个什么玩意儿。现在我发现我把这厮想得简单了。

我总是不想出门。远远地看到一个熟人,如果躲不及了,我就原地站着,迅速正一下假发,乜一眼胸部,没有什么不合适,赶紧咧开嘴笑。在医院的时候,大家都是一样的,尤其是在疼痛、在呕吐的时候,命都顾不上,谁还在意这个,或者根本想不起这个东西了。可是回到正常的生活中,我觉得,我跟别的女人是不一样的——人家都有的,我没有了。

再说说我的装备。假发是临时的,几个月头发长出来它就完成了历史使命。义乳要终身佩戴,估计得带进棺材里去了。一块硅胶义乳塞进文胸,吊在前面,挂羊头卖狗肉,名实不符。问题还不是张冠李戴弄虚作假的事,此尤物贴在人的肋骨上那是相当的难受,异物感,无法对称,哪一个硅胶义乳能做得跟你过去的乳房一模一样?网上卖义乳的厂家很多,打开淘宝,输入关键词,形形色色的硅胶们扑面而来,颤动着呢。

到了菜市场，看到一坨一坨的凉粉放在光天化日之下，我会想到那些硅胶做成的乳房，我别过脸去，胸口疼，恶心。从此再不碰凉粉。我想义乳的设计者没有一个是乳腺癌患者，他们对义乳的使用者不了解，他们是想当然，搪塞，根本没有求真务实。按照他们的想象，你缺了乳房，给你一个类似的东西塞进文胸就行了。殊不知，乳腺癌乳房切除手术，切掉的是乳房腺体及周围组织，连同胸小肌甚至胸大肌，腋下淋巴或者锁骨淋巴组织。总之，就是以乳房为中心的半个胸部。这一大块面积都是皮包骨头，肋骨历历在目。切了左侧乳房的人，明显感觉到心脏离自己是那么近，火红的跳跃着的心脏隔着一层薄薄的皮扑通扑通地蹦着。打个比方吧，乳房切除后的胸部如果是青藏高原，硅胶只是珠穆朗玛峰，珠穆朗玛峰下面还应该有喜马拉雅山，他们忽略了这一部分，所以他们设计出的义乳是缺斤短两的，是空洞的，是突兀的，是强加的，是无法与另一侧匹配的。我敢说义乳的设计者们一定没有做实例考察，他们把义乳做成这样是一个健康人的一厢情愿。还有，硅胶体太重，加重患侧胳膊的水肿。硅胶体太轻，身体一活动，没有兜底的一侧文胸就往锁骨方向蹿。该死的硅胶冬天冰凉，夏天闷出痱子。可恶的文

156

胸下缘把隔着一层皮的肋骨部位磨出了血。唉,说不完的义乳,不一而足。

总之我们从身体到心理都很难受,我们是异类。

好在我家对面的楼上,还住着 L。我可以看到她家的亚麻窗帘,暗黄色的灯光。我们俩是一样的。无形之中,我对她生出了一种感情,在蓝雁城这个空间里,我们是同类。有事没事我往她家的窗子上瞄一眼,心想,她在做什么?

到商场买衣服,进了试衣间,刚脱下衣服,营业员推开试衣间的门,可能是想帮忙拉拉链。我尖叫一声捂住前胸,吓得营业员也尖叫一声。我低着头匆匆离开,索然无味。

我倒不怕丈夫嫌弃我。我们是普普通通的三口之家,一心一意地过日子,夫妻感情说不上好,也说不上坏。当初手术切除的决定是他做的,我这种情况,本人和家属如果要求保乳,也是可以的。他说,切了保险,没有这个器官了,就不可能在这个器官上复发了。有道理,很有道理,如果一个人死了,这个人的身上当然不会得病了。保乳还有一点不利因素,就是保乳手术后要做放疗的,放疗可以说是个手工活儿,即使是根据病情和病人体重确定方位和剂量,可每个人的耐受程度无法量化，剂量轻了重了最不好把握。还有，放疗的副作用比化疗还要大，放疗的放射线生生要把乳腺周围的细胞烧死，皮肉发黑，烧焦，甚至冒烟，感染，腐烂，也是常有的事。传说放疗的材料是做原子弹的，身体很难代谢。丈夫也拒绝了给我做假体，做假体要从身体的其他部位植皮，别的地方又要受皮肉之苦，还会有感染的风险，失败的概率也大。那个网络诗人女孩子就假体排异，不得已又把假体掏出来，多受了几茬罪。假体失败，也许是压垮她的最后一根稻草。当我对乳房耿耿于怀郁郁寡欢或者抱怨丈夫的时候，他会有点生气地说，孩子都这么大了，你还要那个乳房干什么，身外之物嘛。仿佛我是一个多么斤斤计较的俗人，仿佛我像个小女人那样计较了钱。我不明白，他为什么说乳房是身外之物，生不带来死不带去的才是身外之物，而乳房是生时带来死时带去的。一场婚姻维持了几十年之后，夫妻间，乳房确实变得无关紧要了。也许是经历了生死，我更加宽容，丈夫觉得现在的日子过得挺好了。晚上我们躺在床上说着闲话，他习惯性地手伸过来，在我那个残缺的地方摸来摸去，上上下下，左左右右，仿佛数不清我有几条肋骨。我忍住泪水，不想为已然的事实伤心。我留心过，他几乎再没有

158

碰过我好的那只乳房，他的手总在那片废墟上流连。我们已然成为了亲情，说不上爱恋，只是心疼。他没有安慰过我什么，他嘴上几乎不提这事。我甚至庆幸，多亏他以前也没把我这个东西当回事，多亏他把我的乳房只当成孩子小时候的奶嘴儿。想到这个，我心里就偷着乐。我哼歌，我剥一块巧克力，我看一眼窗外，恰好满世界的阳光，我心情就好极了，傻了吧唧地哈哈大笑几声。我刚出院回家的时候，从《中国梦之声》流行出来一首歌，里边的歌词是"我三天三夜我三更半夜……"，半摇滚的，旋律特别独特，高兴的时候，我就放这首歌，放纵地笑。这给我一个暗示，听这首歌并哈哈大笑，会提高我的免疫力。

## 4

三苯氧胺的副作用显现出来了。骨头疼，晨僵，早上手指头不能伸展，要一个一个掰开。肌肉疼，潮热，心慌胸闷，失眠，面色萎黄。道理很简单，雌激素大幅度降低以后，非过渡性地提前进入老年状态。老年女人的所有毛病都在我身上出现了，并且是在一夜之间。我还没有准备好，我的身体不管我有没有准备好，白天黑夜地暗流涌动，在发生着翻天覆地的变化。由于前途未卜，我慌了。我给蒙大夫打电话，她说内分泌治疗也是化疗，比起前面的注射化疗不是好受得多了？原来如此，这也是化疗，不难受就不正常了。我说，我并不是怕难受，手术化疗都过来了，问题是我在迅速地老去，我走在时光的前面了，我会不会穿越了，在我身上到底会发生什么意想不到的事情呢？她说，什么事情都不会发生，你就是衰老速度比正常人快一点，人都会老的，早一点晚一点有什么关系呢？能内分泌治疗是幸运的,如果是三阴乳腺癌看你怎么办。

我是幸运的,能服用三苯氧胺是我的福气,感谢老天爷。乳腺癌之所以成活率高,得益于70%的雌激素、孕激素阳性表达的患者有后续的内分泌治疗,不像别的癌症,常规治疗结束后,就有了自生自灭的意味。也可以这么说,人如果注定要得一种癌,得乳腺癌是幸运的。得乳腺癌属于雌激素依赖型的是幸运的。知道凶手是谁,有的放矢,消灭它,消灭它的时候,难免留下战争的废墟。三阴乳腺癌不知道凶手是谁,人在明处,凶手在暗处,很是被动,被动就要挨打,道理就是这么简单。

我与三苯氧胺相遇的那天起,我正式进入了"五年之痒"。

每天太阳升起来,我就走向这只白色的药片,用白水把它送进我的肠胃。这个白色的精灵穿过我的身体,以昂扬的斗志,对我的雌激素攻城略地。

L就在对面的楼上,我想知道L怎么样了,她和我的反应是不是一样。

我不止一次地看到,有一个男人站在楼下,仰着头看L的窗户。有一次,一个女人站在下面骂她。我听过跳健身舞的大妈们议论,L已经等了那个男人许多年,但那个男人离不了婚。在我看来,那是个再普通不过的男人,掉进人堆儿里根本捡不出来。我从楼上往下看,他顶上头发都稀了,像一块没有遮拦的脚后跟。可话说回来,每一个人的情感世界,都是一场江湖,外人的妄自揣测,是浅薄的。前几天出去吃小吃,对面坐着一对男女,那女的又老又丑,男的把一只热腾腾的汤圆放在嘴边吹,吹,之后喂进女人的嘴里。两性关系,最能体现"适者生存"这一进化论原理。

在楼下散步,我终于看到了 L,我们相视而笑,心领神会地往凉亭走。

坐下来,一时无话。

我近距离地看她,她眼角有了细致的皱纹,可她的眼波水一样的清亮。她的肌肤和体态,全然不像个近四十岁的人。尤其她的眼神,甚至还没有烟火气。她没有跳进婚姻,骨子里仍是女儿态。这场病对她简直是暴殄天物,我对她生出了疼惜。

锄草机嗡嗡地响着,爬山虎结实地绿着。午后的阳光懒洋洋地挪动,眼下,我们有幸活在清风里。

她先开了口,说,你脸色不好。

我说,我吃那个药副作用很大,你怎么样?

她说,我没有吃。

我张大了嘴。医生嘱咐我们这个药一天都不能差。

她幽幽地说，我从互联网上查阅了大量的资料，癌细胞是不能被消灭的。

我又张大了嘴。如果癌细胞不能被消灭，我们岂不是白割了？我们的化疗岂不是白做了？我们的头发岂不是白掉了？我们不是白白死去活来了？

她表述着自己的认识：人类根本不知道癌症的起因，所有的治疗方法都是人类的想象。化疗的宗旨是宁可错杀一千不能放过一个，可对于一些人，即使错杀了一千那一个也会成为漏网之鱼。更有甚者大剂量放化疗，结果是癌死了人也死了，同归于尽。放化疗，是一个蒙着双眼的射手，有中的的，是撞上的。患者为了能中上那枝箭，都挺起胸膛迎上去。

"你若是那含泪的射手，我就是那一只决心不再躲闪的白鸟。"这是席慕蓉的诗，《白鸟之死》。

我们的眼圈红了。自从经历了这件事，我就再没有肆无忌惮地哭过。流女人的眼泪，对于我们是苍白的，无济于事。

L穿着一件亚麻长裙，没有任何装饰。我能感觉到，她的内心镇定得犹如我们身后的树。她和这个秋天浑然一体，谁都看不出来，这个秋天是有病的。

她低着头继续说着：现在所谓的国际规范治疗把癌细胞当成外来的敌人，用战争的方式摧毁它。殊不知，我们每个人身上的正常细胞在生长增殖的过程中失去控制就形成癌。癌是我们的基因和细胞，是我们自身，消灭它就是消灭我们自己。

我双臂抱住前胸，手脚冰凉。失控，就会成倍生长，无限增殖。失控，对于人，其实是个大概率事件。就像我们的情绪，用失控，发泄精神上不能承受的重量。而肉体上的失控，就是癌。癌有多强大呢？据说几百年前一个非洲妇女的癌细胞，放在适合它生存的养分中，现在还活着。它强大到可以不死，这个世界上没有永远的东西，除了癌。

L的语气加重了：癌不是外来的病毒和细菌，它是我们自身的细胞和基因，人类天生携带了这个宿命。外来的敌人来了我们可以用抗生素消灭它，可癌就是我们自己。消灭了癌就是消灭了我们自己。医学对我们太粗暴了，有病了就割，哪儿有病割哪儿，直到割完。医生对我们太无礼了，女人年龄大了乳房就没用了，这简直是法西斯的逻辑。

一股悲伤从脚底升起。想起进手术室时，我躺在推床上,白色的天花板"嘚嘚嘚"地向后退去,我知道进了那扇门就完了。门开了,就要合上了,那是隔断阴阳的屏障,我突然挺起脖子向着外面喊:我爱……

如果我没有从手术室里出来,那将是我的遗言。我爱外面的那个世界,爱蓝天和绿树,爱空气和太阳,爱我的家,爱我的亲人。那时候来不及哭,我睁大眼睛看他们怎么割我。我看到一个女孩子一丝不挂躺在手术台上,已经麻醉了。她二十多岁,鲜活的身体像一匹缎子,一触碰就会化了。她的两只小乳房梨白桃红,微微向一侧偏着,因为真实而美好。那两只美丽的小东西,也许还没有经历过男人,有着涉世不深的娇憨,或者干脆就是不谙世事的任性。她不知道什么样的生活在等着她。唉,那个会写诗的女孩子不知道怎么样了。

好在我们从 ICU 出来了,L 也出来了,我们活着。重新展开在我面前的世界,仿佛是赚来的,我们倍感珍贵。

L 最后说,我们对自己无能为力,所以我们只能化干戈为玉帛。让癌活着我们也活着。我们应该做的是,不要给这个种子提供生长的土壤,那就是加强身体免疫力,恢复身体自愈力。而企图消灭种子那是医学的歧途。我们接受的各种治疗是在消灭这个种子,而这个过程恰恰破坏了身体环境,正走向了我们愿望的反面……

我心乱如麻。其实 L 所说的,对于我不是天方夜谭,我在网络上也接触过这些说法。我只是不敢相信,不能相信,怕动摇了我对自己的信心。

我们该怎么办?

L 说,我们已经被过度治疗,我们再不能继续治疗。停下来,让身体喘一口气。停下来,让心静一下。

我感觉到,她不再想走医院所谓的国际规范治疗的路子,她要自救。

我深深地叹气。草地上的蒲公英开了黄花,再过一阵,就会结出种子。白色的茸毛包裹着种子,可以凭借风把种子撒向更远的地方。小区的绿化带肯定没有种植过蒲公英,它也是风从哪个地方吹过来的,从一棵到十棵,现在已是铺天盖地。现在如果想消灭这种植物,已绝无可能,拔了,甚至把土换了,都绝无可能。这让我想到了癌细胞。

## 5

接下来的几天我又一头扎进互联网。各种说法五花八门，令人神魂颠倒。不进行规范治疗的患者有活下来的，但死亡的更多，因为死人是不会说话不会上网发表言论的。规范治疗的患者死亡的也很多，但活下来的更多。大量的科学数据表明，"手术、化放疗和内分泌治疗是早中期乳腺癌最有效的治疗方法，五年生存率80%，五年之内不复发转移，临床上视为痊愈"。其实，人类研究癌症有上百年的历史，花费了大量人力物力，迄今为止，治疗癌症依然是摸着石头过河。丈夫说，最保险的办法是，听医生的，他们是国家三甲医院的医生，手下经历了那么多病人，他们最有经验，是最有发言权的。言下之意是，我们应该相信党相信政府相信医学，我们别无选择。

我坐在早晨斜照进来的第一缕阳光里，这是我吃药的时间。手心里一个白色的药片，它放进百十斤重的人体里,简直就是沧海一粟。但事情不是这样的,它四两拨千斤,进入血液后三个小时达到峰值,它迅速抢占了雌激素受体,阻断了雌激素的转化。雌激素是女人之所以成为女人的必然条件,也是诱发乳腺癌的元凶。那三苯氧胺能让女人变成男人吗?蒙大夫说,对于发育期的女性会影响到第二特征,对发育成熟的女性不会。

雌激素,是女性身体里很重要的一个物质。女性乳腺癌高发期在45岁至55岁、70岁两个年龄段,这两个年龄段女人的雌激素水平容易不平衡。既然雌激素是诱发乳腺癌的元凶,那我们每年单位体检,怎么没有检查雌激素水平这一项呢?在多项检查中,一会儿穿衣服一会儿脱裤子,折腾大半天时间,什么毛病都没有。为什么没有人跟我们提起雌激素呢?

如果说切除乳房只是改变了一个女人的外形的话,那我手心里的这个药片,才是一个魔鬼,它真正颠覆了女人的身心!不到50岁的我,会变成六七十岁的身体。物质决定意识,纵有再好的心态,人有力量和自己的血液、心脏、骨髓、大脑皮层、神经递质抗争吗?

我挪到镜子前,照。头发稀薄,面色黯淡。我怎么成了这个样子啊,真是万分羞愧。仿佛我做了对不起这个世界的事情,无地自容。我一把年纪了,我孩子那么大了,我丈夫不嫌弃我。可是人活着,健康,美,向上,是每一个人的权利,也是对这个世界的义务。也许没有太多的人在意我的外表,但我得敝帚自珍。对于我自己,我的身体是唯一的,对于我的亲人,我是无可替代的。我真的不想比别人丑啊。

"失我焉支山,令我妇女无颜色。失我祁连山,使我六畜不蕃息。"

狗日的三苯氧胺!

我跳起来,把三苯氧胺掼进垃圾桶。

丈夫赶紧猫着腰刨。他说,不许胡闹啊,咱们得听大夫的。你要是这样,我叫儿子别上班了,回来看着你。

我给病友们打电话,她们的反应没有我强烈。她们有的骨头疼,有的发热,有的头痛,有的失眠,可是所有的这些反应我都有。这就是个体差异。

## 6

每个月都要到医院开三苯氧胺。国家公务人员大病后有长期门诊，医疗费用有比例地报销。可能是出于方便长期门诊的管理，我们一次只能开一个月的药。到了医院，有时候能碰到病友。

我看到柳叶眉在医院大厅打电话，她头发已经长长了，穿得还挺时尚。

凑在一起，觉得亲得很，傻笑。我以为她也是来拿药的，她说，老姐啊，我这几天正要去找你呢，我现在做手工文胸，我是来给病房里的姐妹们量体的。

哦？她真的是个有心人，她知道我们需要什么样的文胸。她把我拉到洗手间，让我看了她做的文胸。这才是乳腺癌患者应该穿的文胸啊。用质地很好的针织棉布做底子，双层的，里边隔出空间，可以根据胸部切除部分的面积和脂肪层的薄厚，加置透气而且有弹性的填充物，让胸部两边对称。还有，下缘的兜底部分没有用钢圈,是一条有弹性的两指宽的绒毛材质,不磨也不勒。她说她服务到家到病房,对每一个都是私人定制,一只100块。并且随着另一侧乳房的萎缩,还在调整义乳的大小,所以需要跟踪服务。商场或网上卖的此类产品根本不合适,还要好几百甚至好几千,她只要100。尽管这么便宜,她还是赚的,完全可以养活自己了。

说实话,我为她高兴。看来生意不错,她接了好几个电话,断断续续讲她离婚的经过。

他们没有夫妻共同财产,房子是男方婚前财产,与她无关。过去她经营一个小缝纫店,也就签签裤边,修修拉链,改个大小,刚能果腹。男人第一次起诉离婚,在被起诉人重大疾病调理期,是不判决离婚的,法院进行了调解。她提出在五年的婚姻里,她口服避孕药,是导致疾病的因素之一。可是没有研究数据可以表明,服用口服避孕药可以导致乳腺癌。同时,男方找到她婚前做过乳腺纤维瘤手术的病历,现在她患癌的部位就在过去手术部位的基底上,指控她隐瞒病情,构成欺骗。经过法庭调查,乳腺纤维瘤或者乳腺增生等良性疾病,没有转化成癌症的必然性,指控不成立。三个月后,第二次起诉,男人同意为她付两年的租房费用。她觉得自己受了侮辱,想起诉男人遗弃罪。可遗弃罪有个必要条件,被遗弃的一方须为没有劳动能力没有经济来源没有自理能力的人,她不属于被遗弃的范畴。朋友们给她出了主意,不赔偿10万元不离婚,就住在他的房子里,该干啥干啥。其实,她做不到,被嫌弃比被切了乳房还难受,她伤心,她生气,她没有自尊,这样的日子会让她的身体状况恶化的。她叹了口气说,我们现在最重要的是命,我们不能跟任何人任何事置气,我们对任何人任何事都要服气,都要低头,只有活下来才有机会挣回面子。经过几个回合之后,她认识到了这件事情对她毫无意义,于是她咬了牙净身出户。她的前夫和孩子给她租了房子,她就在房子里做起了义乳生意。柳叶眉说,她已经不记恨那个男人了,两个人没有共同的孩子,没有共同的财产,就是搭伙过日子。乳房是女人的第二张脸,我们就等于没有脸了,人家凭什么承担你的疾病,承担你不可预测的未来。还是原配家庭好,靠着亲情维持家庭。这种半路夫妻,靠道德维持婚姻,能靠得住吗? 这么过下去一点意思都没有。柳叶眉还说,自从离了婚,她仿佛受到了一次洗礼,心情豁然开朗,她把附在她身上的真正毒瘤割掉了。她现在信基督教,教会里的姐妹们互相帮助互相开心，十分喜乐。

也好。柳叶眉从负能量里走出来了。我们没有计较得失的资本了，剩下来的一点力气，用来挽救自己的性命。她舍弃歧视她的人是万分正确的，她已经没有忧伤，没有抱怨，甚至可以藐视他及其他的行为。她保全了自己的人格。我抓着她的手，对她心存敬佩。我们如果是一只瓶子，里边可以装毒药，也可以装清泉。柳叶眉当然选择了后者。

想问一下靳子的情况，没敢开口。分开时我们拥抱了一下。

# 7

我站在楼下,看L的窗户亮着灯。我上楼,声控灯渐次亮了。L家门口有一块草编的门垫,旁边有不少烟灰和烟蒂。

我敲门,里边狗叫了。我小声喊,L,L。

门开了,L脸上敷着面膜,脚下绕着一条狗。这是一条京巴,可笑的是,它身上裹着一件文胸,湖绿色的,煞是鲜亮。

我说着打扰了的客气话,其实也不是客气话,我真的觉得是打扰了人家。我打量着这个空间,准确地说,这不是一个家,没有柴米油盐的味道。这是一个闺房,有的只是脂粉气和一缕纸墨的清香。果然,客厅里有一张书案,上面是宣纸和砚台。

见到L,却一下子不知道先从哪里说起。好在京巴这狗东西是个人来疯,在我们脚下钻来钻去,看来狗也被憋闷坏了。我伸出手摸了摸狗身上的文胸,丝质的蕾丝。京巴没把我当外人，扑在我怀里一顿舔，我手痒得想笑。主人喝斥着狗，叫我去卫生间洗手。

卫生间很干净。洗了手一转身，看到墙上挂着一件男式睡袍，下面放着一双拖鞋，冷不丁一看，像站着一个人。仿佛看到了不该看的东西，我讪讪地出来，胸口疼。

喝了一口茶，我进入了正题。我对 L 说，三苯氧胺还是要吃的。大量的调查结果显示，它可以使五年存活率提高 30%，这不是一个小数字，也许我们就在这 30% 里。你还年轻，坚持五年，过后内分泌系统会慢慢地修复的。你不要冒这个险。

我抓住 L 的胳膊，盯着她的眼睛，语重心长。我想拉近我与她的距离。果然这个肢体语言起到了事半功倍的效果。她说，我有自酿的葡萄酒，咱俩喝一杯。

于是我们坐到窗前的一个玻璃茶几旁。茶几上插着一枝黄色的蜀葵。

L 说，谁也不敢拿唯一的命冒险，她正在用中医代替西医的内分泌治疗，这种方法温和一些。她坚信，雌激素只是乳腺癌诱因而不是病因。她不能对现下的所谓规范治疗全盘埋单，她不想妥协，不想节节败退。她不想做一个没有雌激素的女人，她不想变老变丑。

——问题就在这里，她不想失去美丽。

我还是想说服她。我说，我曾咨询过专家，能不能用中医代替内分泌治疗。专家说中医只能配合内分泌治疗，减轻内分泌治疗带来的副作用……

L摇着头，她说她对生活的态度不一样，在她眼里，尊严比生命更重要。一个没有美丽的女人就像一个没有财富的男人一样，何谈尊严？

突然听到有人敲门，声音很轻。L嘘了一声，把京巴搂进怀里。我站起来想走，L摆摆手示意我坐下。敲门声没有了，里外一片安静。我想那个人可能在门口吸烟。L低着头，脸上泛起酡红。大概十分钟，听到下楼的脚步声，L和我同时舒了口气。

总得说点什么。我说，没有人照顾你，有什么事你就找我。不过，最好，还是要成个家。

L说，都成这样了……

我也知道她和我的不同。对我而言，我的乳房为男人养育了孩子，已经完成了一个家庭的使命。在我的家人眼里，乳房是一个传宗接代的生殖器官。可是对于一个还没来得及成家的女人，她首先需要面对的是爱情。而乳房，在爱情里是一个千真万确的性器官。如果没有了这个器官，性爱是不完美的，性爱不完美，情爱也不完美。因为对方还很重视这个东西,没有这个东西的女人就觉得气短。如果这还是一个骄傲的女人,她就不能接受这样的生活。

我再一次无言以对。我们无法在一个层面上沟通,难道因为我们一个是婚姻中人一个是婚姻外人?婚姻中和婚姻外的女人,什么时候有了这么严格的界限?哦,仅限于得了乳腺癌的这一群。对于过了几十年的夫妻,彼此熟视无睹,妻子少了一只乳房跟家里少了一件家具一样。可对于还没有把自己变成妻子和孩子娘的女人,没有把爱情发酵成亲情的女人,身体如何裸裎相见?

L垂着眼睛。她蹉跎了自己的时光,甚至蹉跎了自己的身体。她没有及时把握住属于她的爱情并把它酝酿成亲情,她对自己没有一点储备。她没想过身体是各个器官组合的,因此是一件一件走的,一点一点离开的。她没想到她会残缺,她没有一点准备,猝不及防。也许,她现在只有一条路:独身下去,才能独善其身。

我看到她的眼白瓦蓝瓦蓝的。我一直看进去,触到了她内心的坚硬。我相信,一个等待了许多年的女人不会这么心硬,只是她经历了生死。一只看不见的手,把未来拉到了我们面前,我们看清了,我们身体的一部分已经提前走了,过早地离开我们了,我们与我们的那一部分阴阳相隔。我们曾经悼念离开我们的亲朋好友,而眼下,我们悼念我们的那只乳房,悼念我们一部分的死亡。早晚,我们会与那一只乳房久别重逢再度会合……

我还想说三苯氧胺,L用眼神制止了我。

她伸出手来又握上,做了一个加油的动作。她脸上没有一丝的脂粉。

## 8

我发现我的经期紊乱了,是三苯氧胺让更年期提前到了。我受了 L 的影响,对丈夫说,我想做一个女人,我不想吃三苯氧胺。我们不敢去找蒙大夫,丈夫带着我去各大医院的乳腺科去咨询专业医生。大夫们众口一词,雌激素依赖型乳腺癌内分泌治疗至少坚持五年,不然后果堪忧。丈夫以一个家长的口气说,听见了吧,听医生的话,做不做女人无所谓,我想让你活着。下电梯时我眼泪汪汪,老夫老妻相对无言,拥抱了一下,以资鼓励。

又过了一阵,我对丈夫说,我闭经了。丈夫正在啃羊腿,嘴里黏里咕叽地说,好,好,你不是老嫌来例假麻烦吗?

我扑上去把他的羊腿掼在地下。吃吃吃,你就知道吃!这么多年你关心过我吗?你给我做过饭吗?你给我买过首饰吗?你知道我的经期吗?你知道我的罩杯多大吗？

最后这个"罩杯"对我丈夫来说几乎是个高科技名词，闻所未闻。他瞪着眼睛，叉着两只油手，一脸无辜，最后无可奈何地叹了口气说，唉，我要是能替了你就好了。说完，继续吃。

再让我说什么呢？还有什么理由作呢？

那就出去散散心吧。我们决定到青岛看看海。我在网上订机票，有一次航班时间很合适，在西安经停。"经停"两个字是那么碍眼，我皱了眉头。"经停"反过来吧就是"停经"嘛！我即刻不耐烦地说，不去了不去了。

失眠，一闭上眼睛脑门儿上就出现一个大太阳，灿烂得让人心慌，只能瞪着眼睛盼天亮。骨骼疼，骨头要从肌肉里钻出来，要见天日。钙流失严重，早上如厕，马桶里大概有很多钙。补钙，身体不容易吸收。一种趋势一旦确立，外来的干预其实于事无补，或者自欺欺人。唉，天要下雨娘要嫁人钙要流失，其实没有办法的。丈夫说，出去，晒晒太阳，补钙。我心想，屁，它自己不往出生，太阳能靠得住吗？蒙大夫说，骨密度到了负2.5以下，要注射唑来膦酸干预，阻止钙流失。我赶紧凑上去巴巴地说，那何不现在就阻止呢？蒙大夫说，到了那个程度才能用药,根据你的定期检查结果,我会下方案的。听大夫的就行了,你们是患者,你们都想了解做大夫的事情,到底是大夫给你们看病还是你们自己给自己看病?那么多的病人和家属,每一个人的情况都不同,我们有时间和精力给你普及医学知识吗?你们让我们大夫怎么办呢!

对于医生这个职业,在没有接触他们之前,我受了舆论的影响,也听风就是雨地对他们颇有微词。跟他们近距离交往半年之后,我对他们更多的是理解甚至是同情。中国的医生太辛苦了,医疗资源少,病人多,手术台前站上几个小时,挪开聚光灯,就地躺在地板上就睡着了。他们背着以药养医的恶名,他们开出的每一份药,都会撞上患者质疑的目光,患者习惯性地怀疑,处方的药不一定适合患者的病,但这个药的厂家一定和医生和医院有着千丝万缕的联系。由于体制的原因,患者和家属对医院没有信任感,他们看到的医生手里都拿着一把刀,不是治病的,是宰人的。药养医,患养药,等于患养医。同时,家人得了病,亲属万般焦急,认识不到医学的局限性,对医生寄予的希望超出医学的可能。这几点加起来,加深了医患矛盾。屡禁不止的"医闹",让医院和医生没有安全感,不救人有违职业道德,救不活人就被指责甚至被伤害。

曾经的医学博士、作家冯唐,是我知道的弃医从文的第二个人,第一个是鲁迅。他在网络上有一份写给希波克拉底的信,道出了中国医疗体制下医生的苦衷。我从网络上摘录部分供大家一读。

1990 年到 1998 年,我在协和医科大学认真学过八年医术,正经科班念到医学博士,从DNA、RNA 到细胞到组织到大体解剖,从生理到病理到药理,从中医科到内科到神经科到精神科到妇产科。十多年前,学完八年医术之后,饮酒后,呕吐后,枯坐思考后,我决定不再做医生。

当时决定不做医生,主要有两个原因。

第一个原因是怀疑医生到底能干什么。学医的最后三年,我在基因和组织学层面研究卵巢癌,越研究越觉得生死联系太紧密,甚至可以说,挖到根儿上,生死本来是一件事儿,不二。多数病是治疗不好的,是要靠自身免疫能力自己好的。我眼看着这三年跟踪的卵巢癌病人,手术、化疗、复发、再手术、再化疗,三年内,无论医生如何处理,小一半的死去,缓慢而痛苦地死去,怀着对生的无限眷恋和对死的毫无把握，死去。

第二个原因是担心做医生越来越艰难。其实，学了一阵儿医之后，我基本明白了，医学从来就不是纯粹的科学，医学从来就应该是：To cure, sometimes. To alleviate, more often. To comfort, always．我当时担心的是，这么做，除了救死扶伤的精神愉悦之外，医生还能收获什么？完全没有足够的经济基础，医生又能精神愉悦多久？

人体组织结构和解剖结构之上有疾病，疾病之上有病人，病人旁边有医生，医生之上有医院，医院之上有卫生部和发改委和财政部，医院旁边有保险机构，保险机构之上有保监会和社保部。在现代社会，医生治疗病人，从来就不是一个简单的商业活动。

在医疗卫生上，国内强调平均、平等、"全民享有医疗保健"，强调计划调节、远离市场。"药已经那么贵了，就只能压低医生的收入，医院就只能以药养医。"

医学院毕业之后，不碰医疗十多年之后，现在主要的卫生指标（平均寿命、新生儿死亡率，等等）越来越好，医疗环境却似乎越来越令人担忧：

整体素质加速变差的医护群体，将多种不满发泄到医护个人身上的加速老龄化的病人群体，只凑热闹、求耸人听闻、基本不深入思考的自以为是的媒体。

　　和过去相比，小大夫更加穷困。房价比过去高5倍到10倍，原来在北京三环边上买个二三十平方米的小房子，骑车上下班。现在在"泛北京"的河北燕郊买个三十平方米的小房子，太远，骑车上下班不可能，怀孕了，挤地铁和公交怕早产，想买个QQ车代步，北京市车辆限购令出台了。小大夫熬到副教授，医院同一科室里的正教授还有四十多名，一周轮不到一台手术，每次手术都是下午五点之后开始。

　　和过去相比，大大夫的挂号费涨了点，还是在一本时尚杂志的价格上下，一上午还是要看几十个病人，还是要忍尿忍屎忍饿忍饥，每个病人还是只能给几分钟的问诊时间。大医院继续像战时医院或者灾后医院，从黑夜到白天，大医院到处是病人和陪病人来的家属，目光所及都是临时病床和支起的吊瓶。病人继续不像人一样被关怀，没有多少医生能有时间和耐心去安慰、缓解、治愈。

和过去不一样,除了穷困,医生开始有生命之忧了,个别享受不到基本服务的病人开始动手了。"几年前我们还只是隔几个月激愤一次,现在已经变成每隔几天就要激愤一次了。一个月的时间,一个医生被患者砍死,一个医院主任生殖器被踢烂,人民医院某主任被殴打至骨折,南昌医闹与医生百人对打。""鉴于人身安全越来越受到威胁,我们科的医生已经准备组团学习功夫了,教练提供的选择有:咏春拳、跆拳道、搏击、散打。不知道该学哪个?"

病痛这个现象和生命一样共生,医生这个职业同刺客、妓女和巫师一样古老,如何能让医生基本过上体面的生活?如何让病人基本像人一样有尊严?我重读你两千四百年前写的医生誓言,寻求答案。

两千四百年前,你发誓:"医神阿波罗、埃斯克雷彼斯及天地诸神做证,我,希波克拉底发誓。"所以,第一,医生要存敬畏之心,敬神、敬天地、敬心中的良心和道德律。哪怕面对极端穷困的利刃,哪怕面对病人的利刃,都不能忘记敬畏之心,要有所不为。

两千四百年前,你发誓:"凡教给我医术的人,我应像尊敬自己的父母一样,尊敬他。对于我所拥有的医术,无论是能以口头表达的还是可书写的,都要传授给我的儿女,传授给恩师的儿女和发誓遵守本誓言的学生;除此三种情况外,不再传给别人。"所以,第二,医术是门手艺,医生要延续这门手艺,要精诚团结,要彼此亲爱。

两千四百年前,你发誓:"我愿在我的判断力所及的范围内,尽我的能力,遵守为病人谋利益的道德原则,并杜绝一切堕落及害人的行为。无论到了什么地方,也无论需诊治的病人是男是女、是自由民是奴婢,对他们我一视同仁,为他们谋幸福是我唯一的目的。"

⋯⋯⋯⋯⋯

## 9

我和L都穿上了柳叶眉做的文胸,合体,贴心,心情大好。我想添几件漂亮一点的衣服,调整一下生活。如果和L一起逛商场最好了,互相参谋,试衣服时照应一下也方便。

我走近她的花店,门前一片狼藉,花篮倒了,菊花散了一地。看得出来,这里刚发生过什么。我迟疑了,伸着脖子往里边看。我看到,L呆坐着,脸色蜡黄。她的胸脯起伏着,那里有一只义乳,掩盖着她的缺陷和绝望。

我转过身来,往回走。

爬山虎覆盖了整个小区的墙体,连成一片的植物兀自站立着。我懵里懵懂地买了一包糖炒栗子,卖栗子的跟我说了什么我没听见。

我已经习惯了上楼前手里一定要提一些东西。我是一个贪婪的妇人,什么都想往我家里拿。我是幸运的,我有一个完整的家。我有储备,我存的不是钱,就是这些柴米油盐。它们是黄金,硬通货。打开门,听到丈夫正在打电话。丈夫说,儿子,你妈很坚强。她说她比以前老了,我可没看出来,她以前也没多年轻。她以前太爱笑,一笑就满脸皱纹,她不知道自己脸上有多少皱纹,因为她大笑的时候不会照镜子,照镜子的时候不会大笑,其实她没有什么变化。家务还是她干,饭还是她做,她以前干啥现在还干啥,这样她才不把自己当病人,她的病才会好。

听到我回来了,他放下电话说,干吗去了,我饿了。

我走进厨房,择菜,做饭。这五平方米的地方是我的江山,这地方我说了算。洗了一只漂亮的西红柿,在案板上一刀切开,突然就心疼。自从手术以后,触到锋利的金属就疼。此时我是想起柳叶眉和L。唉,她们没有老巢。老巢,不是指房子,也不是指婚姻,无关贵贱与雅俗,是肉体和灵魂都可以安放的一个心理空间。

和一个人生活了近三十年,彼此的了解已沦肌浃髓。手术后第一次化疗结束后,我们回到家里。医生要求每三天去医院验一次血,如果白血球低于三千,就要打升白针。三天之内,由患者本人或者家属用碘伏给伤口消毒。他用棉签蘸了碘伏在我肋下的引流管处涂抹,我没防备,他突然就撩起我的衣服,我大惊失色,抱着前胸就大哭。他慌了,说,哎呀,我早看过了,在你昏迷的时候我就看过了。我窝在沙发上生气,不跟他说话。几个小时后,我释了一口气,他早晚会看见的,早看见比晚看见强。唉,经历了一些事情后,天大的事也会很快想通,想不通又能怎么样呢。

刚得病那会儿,电视上出现癌症之类的话题,他赶紧切换频道。我和丈夫过去谈论老庄哲学,谈论中东局势,谈论魏晋玄学,现在我们谈论疾病。我把我的病症类型与我的病友们的情况做了深入比较,分析我的优势和劣势,肯定了白舍舍自然疗法的合理性,否定了靳子过度治疗的误区。其实一场病犹如女人嫁人,无论什么结果都觉得是错的,幻想着如果换一种选择,也许更好。两年后靳子走了,回顾她的治疗过程,她错误地使用了高强度的放化疗手段,结果是走到了愿望的反面,万般无奈之下,她又矫枉过正,改向了饥饿疗法,让她彻底走上了一条不归路。癌细胞饿死了,人也死了。是人先死的,癌细胞跟着死的。听说她的丈夫特别自责,一度抑郁。四年后,白舍舍走了,小白帽丈夫痛心疾首,如果经济条件好一点,完成放化疗,也许会延长生命。可是他不想还有另一种可能,放化疗也许会让白舍舍走得更早。只是也许，到底会怎么样，天知道。我呢，暂时还没有受到生命威胁，但我后悔没有保乳，就撇开美观不说，保乳最起码创伤小，那只胳膊也不会残疾。可有一次我做核磁，碰到一个保乳的女人，她说她留了乳房后悔死了，要这个玩意儿干什么呀，整天提心吊胆的，一低头就看到一颗定时炸弹，她厌恶死自己的乳房了。看看，怎么样的，都是错的。人生不能活两次，癌症不能反过头来重新选择治疗手段。哪条路最后都不是满意的路。

我已经把我的免疫组化上各项指标研究了个底朝天，我整天把癌症挂在嘴上，丈夫知道了我的内心是强大的，我的心里根本没把这病当成隐疾。

我和丈夫经常主动讨论我的病有可能出现的情况，他逐渐明白，我基本上做到了知己知彼，我是有准备的。他也就不再对我的病讳莫如深。有熟人或者朋友问起我的身体状况，他说，她对自己的病门儿清，啥事没有，我从来没想过她会死，没有。

比如，我和我的主治大夫是同龄女人，交往一段时间后自觉有了一点交情。每个月要开药，每三个月要全面检查，只要看到她有歇息的机会，我就凑上去和她探讨，比如人表皮生长因子的假阴性对化疗药物的敏感性,姑息治疗期间对患者的心理引导,死亡教育在中国的必要性。她很佩服我的钻研精神,同时她说,患者知道得再多也是知其一不知其二,知道得多了,也是双刃剑,对自己的心理可能产生正面影响也可能产生负面作用。但绝对不能用你们从网络上了解到的一点知识取代医生对你们的判断,会误入歧途的。比如你说到的KI67阳性表达比例高表明癌细胞增殖速度快恶性程度高,但它的另一方面,KI67高比例表达对化疗药物敏感,可以改变预后可能……你们是患者,我们是医生,我们各司其职,才能完成医患的合作。你不要再跟我说三苯氧胺的副作用,更不要想停药。你们如果各自为政,医生无力治好你们的病。说实话,蒙大夫是一个很好的医生了,专业技术自不必说,性情尤其好,有人情味儿,有耐心。医生见得最多的就是死人,他们也许看淡了死。有一次见到蒙大夫,她正在处理病历,我听到她自言自语地说,最近太可怕了,住院的23个,17个转移。我看到她的表情悲苦,口气里有深深的同情。所以丈夫一直说,大夫最有经验,听大夫的可以少走弯路。遇到一个好大夫,我们不能不听话的。

总结一下,我生病后,丈夫对我的态度一如既往。

怎么说呢,他没有把我当成病人,打心眼儿里觉得我没事。也没因为我病了,凡事就让着我,刻意照顾我,迁就我。后来无数次的检查都是我一个人去,一个病友的丈夫对她的妻子说,你看人家那个女的,总是一个人挂号排队检查,人家总是挺着腰板儿。我心里发笑,丈夫坚信我没事,是对我最大的鼓励。他有没有陪我做检查,不是重要的事。癌症病人,只要能看到自己良好的前途,别的都不是事。有一次我问他,你不怕我检查结果出来发现问题,你不在身边,我哭晕在厕所里?我用了一句网络用语。他说,我没想过你会有问题。

我擦地板,他坐在沙发上,擦到他脚下的时候,跟过去一样,他把双脚抬起来,看都不看我一眼。饭端到桌子上,他说,筷子呢?

乳腺癌女人的丈夫对待妻子的最好态度应该是什么样的呢?我认为,四个字,一如既往!以前咋样现在还咋样,这是最自然长久的最没有心理负担的状态。

## 10

　　化疗后第一年要三个月做一次随访检查,后面逐渐减少。抽血,查肿瘤标志物,B超,CT,核磁共振,X光,骨扫描。那些奇形怪状的器械穿透血肉之躯,地毯式地排查可疑之物。据专家说,乳腺癌的转移途径是肺、脑、骨。为什么乳腺癌的癌细胞转移首选这些部位呢? 不知道! 只是在成千上万病例调查中得出的最大概率,至于原因真的不知道。我个人认为,乳腺癌的骨转移与三苯氧胺为代表的内分泌治疗药物有关。这个药导致骨痛,骨质疏松,骨头质量下降。这是一个悖论,三苯氧胺降低雌激素,从源头上控制激素对癌细胞的刺激,但它破坏了骨头的结构,降低了骨头的质量,骨头便成了乳腺癌患者的薄弱环节,让癌细胞有了可乘之机。

　　拿到骨扫描的成像报告,我开始失魂落魄,晚上不敢睡觉。那是一副嶙嶙的骷髅。据说人体有206块骨头,我的眼睛看到了自己的骨头,触手可及,历历在目。我把它放在我的包里,我的包里装着我的骨头。把它放在我的家里,我把它藏起来,绕开我的骨头走。但总觉得有另一个我,以形销骨立的方式,在我的不远处存在。谁能看到死后的自己呢?我,我们,看到了死后的自己。没有了血肉的身体,不能叫身体,叫骨架。拿起拖把,觉得碰到了自己的腿骨,端起碗,觉得摸到了自己的头骨。焦虑,害怕,坐卧不安了好久。直到下一次再做骨扫描,第二次看到骷髅,才不害怕了,接受了。

第一次随访检查,别的都正常,想不到的是卵巢上长出一个鸡蛋大的囊肿。

即刻大惊失色。依我朴素的理解,女性的乳房和生殖系统是密切联系的,比如来例假之前乳房发胀,怀孕后乳房比平时大一倍,哺乳期间卵巢不排卵。密切相关的器官,应该在一个路径上,那转移的可能性就很大。我看到丈夫的脸白了。赶紧邀请我的主治大夫蒙大夫与妇科的大夫会诊。他们是一个医院的两个科,楼上楼下,沟通后迅速做出了方案:先做生殖系统的肿瘤标志物,再到别的医院重新做腹部 B 超,看前后 B 超有没有出入,增加确定性。重新做了 B 超,左侧卵巢囊肿 44×50 毫米,形象地说,鸡蛋那么大,和前面的一致。抽血做卵巢的肿瘤标志物,结果第二天才能出来。

晚上在家里,我们谁都没有提卵巢的事。他没话找话,说了一些无关紧要的事情,不知所云。我发现他洗了两次脚,中间隔了一个小时。我们心里都明白,癌症最怕转移。一旦发现了转移癌,那癌细胞就成倍地裂变,西风压倒了东风,那些疯长的东西攻城略地,马上就鸠占鹊巢。一夜无眠。第二天一早我们去医院取化验单,进了医院大厅,丈夫走在前面,我在后面跟着,医院里人多得摩肩接踵,我被撞得东倒西歪。走在我前面的这个男人,头发已经花白,嘴里有两颗假牙,他不会开洗衣机,不会做饭。我过去谈不上是个好妻子,但好赖能把他的嘴糊上。这个年纪了让他做鳏夫,真是对不起啊。有一句诗说,杀了夏明翰,还有后来人。可是,哪个女人可以承担他的晚年,可以让他工资卡自己拿着,每天把饭端到他嘴边。哪个女人能宽容他的毛病,对他只愿付出不求回报。我想这世界上没有另一个女人欠着他的了。我忙着擦眼泪就找不见他了,我蹭到一个墙角,蹲下来,脸伏在大腿上哭。过了好久,有人伸出手拽我,我看到我眼前有两只脚,一只脚上穿着皮鞋,一只脚上穿着运动鞋。可想丈夫早上离家时，是多么慌乱啊。他甩着化验单说，良性的！化验单上的指标在正常范围内。

医生还是那句话，良性还是恶性，在取出肿物后，以活检结果为准。我做乳腺手术的时候，大夫也是这么说的。

接下来又办住院，乳腺科在十楼，妇科在十二楼，这次我住在了上面。两个科的手术室和ICU都在一起，六楼。路过六楼的时候，我不敢往手术室的方向看。

手术安排在两天后。一般切除卵巢囊肿是一个腹腔镜的小手术，全麻状态下，腹部打三个眼，取出囊肿物，手术时间也就半个小时。可我不是一般的卵巢囊肿，是雌激素依赖型乳腺癌的卵巢囊肿。这个类型的病人雌激素阳性过度表达，如果不再需要生育的话，原则上要拿掉双侧卵巢，从根源上切断卵巢雌激素的分泌。反正要进手术室反正肚子上要打洞要全麻，反正也到了更年期卵巢存在的意义不大了，做囊肿顺手牵羊把卵巢连同子宫附件拿掉。如果没有卵巢了，子宫附件只能是摆设，没有任何存在的意义，还会有隐患。全部拿掉，一劳永逸。以后这个系统保证不会有病了。对，道理很简单，一个男人肯定不会得妇科疾病的。针对我们这种患者，这种治疗方法，医学上还有个名词,叫"去势"。

听听,去势!有没有想到宫廷里的太监?医学对于得了病的人,多么粗暴。根本没有考虑病人的感受。

这次我长了个心眼儿,我想起L说的话,我们的治疗都有一些过度。我们托了很多人,找不同医院的乳腺科的医生咨询,我这种情况是否要切除卵巢。咨询了五家医院,四家说要拿掉。

我们腔体里有很多器官,仅隔着一层皮囊,离得那么近,跟随我们一生。但是我们看不见,甚至也不了解。现在就说卵巢,女人闭经了就说明卵巢不排卵了,卵巢不排卵了,但还在分泌雌激素,只是量少了。为了尽可能地降低雌激素,我还是应该拿掉卵巢。

但我还是下不了决心。卵巢是女人成为女人的标志。我们在十几岁的时候,卵巢发育成熟,有了初潮。在古代,家庭里要为这个女孩子举行成人礼,用隆重的仪式庆贺她从此成为女人,交给她传宗接代的重任。乳腺如果是外形上的,那卵巢则是内在的,会引起身心深刻变化的器官。

丈夫和家里的所有亲人众口一词,通通拿掉!

我觉得我是可耻的,是贪生怕死的。为了能活下来,割掉身上所有女人的器官。一个女人活成这样,还不是行尸走肉吗,还有什么意义吗?丈夫说,要意义干什么,要命,有了命就有意义。

最后我还是坚持留下子宫,这个东西不产生雌激素。大夫说,可是它什么用都没有了,留下它没有任何意义,还有隐患,内分泌药物会让子宫内膜增厚,会有子宫内膜癌的风险。我说,那只是小概率事件。有它表明我还是个女人。大夫说,还没有哪个同类型的患者做这样的选择,你是要做终身随访检查的,如果留下子宫,妇科这一项每次都得查。我说,我不怕麻烦,我坚持保留!

我的子宫孕育过我的孩子,我虽然从来没有看见过它,但我对它有着深厚的感情。另外,子宫的位置很特别,宫体在腹腔,宫颈在腔外。它不仅仅属于女人自己,一定是与配偶有关。

前一晚上签字后,我们等待第二天的手术。我喝了聚乙二醇电解质散剂,大量地喝水,喝到恶心呕吐,以达到彻底清肠。坐在马桶上,下面像个下水道,哗哗哗,没有遮拦。离开马桶就会拉在裤子里。

窗外,霓虹闪烁。我又看到了高高的天上搁着四个字:人间天堂。几个月前我从 ICU 出来的那个晚上,我看到窗外天空中的这四个字,彼时白舍舍的丈夫正跪在白舍舍的床前,隔一阵就试她的鼻息,看她在天堂了还是在人间。

第二天早上 10 点,我上了推床。推床又在走廊里嘚嘚嘚地响起,下电梯,到六楼。我此次比较淡定,曾经沧海难为水。进手术室前,我闭上眼睛,不想让家里人看到我的眼神。

上了手术台,麻醉师过来了,问我的姓名、年龄,核实我的身份。之后他靠近了我。我一个挺身坐起来,双臂抱住上身,开始打战。麻醉师伸出双臂抱了我一下。后面的事就不知道了。

囊肿是良性的,无忧。这确实是个小手术,第二天就下地,第四天就出院。从网上找出卵巢及附件组织的图像,像一个听诊器。我以前没有感觉到这个东西的存在,现在也感觉不到这个东西的不存在。权当什么都没有发生。

我一直想不起来那个麻醉师是男的还是女的,多大年纪。我一直想去找那个人,到跟前了,又打消了这个念头。

## 11

在我的病友中，首先走了的是靳子。

我生病两年后，有了微信。有一天我加了靳子微信后，得到了她的消息。她发了很多大自然的照片，她在贵州一个偏僻的山村里，据说那个地方水是弱碱性的，有一些癌症患者在那里疗养。

我感觉她情况还可以，到了她这个程度的病人，应该进入缓和治疗阶段，就是医生更加关注的是让病人有一点生活质量，减轻身体的疼痛和心理的恐惧。而她在家人的陪护下，待在那个小山村里，看上去是安逸的，我想，也许奇迹可能发生。

朋友圈里，她在推广一种饥饿疗法，简单地说，就是饿死癌细胞。那怎么样才能饿死癌细胞而饿不死人呢？靳子们有一套理论依据。

癌细胞也要吃东西才能存活。葡萄糖是癌细胞必需的营养。如果剥夺人体的葡萄糖，癌细胞会死亡吗？

研究人员在研究的过程中发现，葡萄糖供应不足时，癌细胞并没有被饿死，肿瘤还在生长。研究人员经过多年基础研究，发现葡萄糖是癌细胞必需依赖的东西，照理说剥夺葡萄糖癌细胞就会死亡。但实际上葡萄糖供应不足时，肿瘤没有饿死还不断生长。这其中有个奥秘：肿瘤中有大量的乳酸，乳酸解离成乳酸阴离子和氢离子，成为癌细胞的两位"帮手"，让其自身能够根据"食物"的多少决定"消耗"多少。两位"帮手"协同作用，使得癌细胞在葡萄糖含量很少时，非常节约地利用葡萄糖；在没有葡萄糖的情况下进入"休眠"状态；当有葡萄糖供应时即刻恢复生长状态。因此，若想有效"饿死"癌细胞，不仅要剥夺葡萄糖，还需同时破坏乳酸阴离子和氢离子的协同作用。在葡萄糖饥饿或缺乏的前提下，只要去除这两个因子中的任何一个，癌细胞就会快速死亡。

研究人员用碱，如碳酸氢钠(小苏打)来去除肿瘤内的氢离子，就可破坏乳酸根和氢离子的协同作用，从而快速有效地杀死处于葡萄糖饥饿或缺乏状态的肿瘤细胞。

靳子们的饥饿疗法很简单，就是尽量少地摄入含葡萄糖高的食物，同时大量饮用破坏氢离子的碱性水,切断癌细胞的供养。那一阵子,媒体上关于饿死癌细胞的说法很流行。但是究竟哪一个人用饿死癌细胞的方法活下来了,还没有一个人站出来说,我就是。用这种办法的人,多半是没有办法了。即使是有一个站出来说自己就是用饥饿疗法活下来的,每一个人的身体情况不同,适用于别人的办法不一定适用于你,就是说别人活下来你未必活下来。

我想,靳子和她的同伴们,是在做最后一场赌博。他们可能不是靠饥饿疗法活着,而是靠一个信念,靠一种实验方法活下来的信念。他们可能以身试法,为后面的人蹚一条路子。很多癌症患者,在一次次的绝望之后,变得坚强无比。每天早上一睁眼,他们认为这一天是赚来的,本来连这一天也没了。他们赚了天上的太阳和空气,绿树和清风,粮食和蔬果,最主要的是亲人的安稳。反倒觉得占了这个世界的便宜。

靳子每天吃什么呢?吃素。把土豆调水打成汁,喝。把绿麦苗调水打汁,喝。吃葡萄,就苏打水,单一食品一吃就是几天,据说这样的效果最好。

她们看上去都很消瘦。

问题是,人体细胞赖以生存的也是葡萄糖,营养不良人的抵抗力就差,严重破坏了人体的自愈能力,自愈能力是癌症病人在完成一系列的规范治疗后最可以仰仗的实力。就是说,医院完成它的使命后,就要靠自己了,自己的什么能靠得住? 就是自身自愈能力。更让人揪心的是,大量的实验表明,人体营养不良后,癌细胞长得更快。说到底,正常细胞和癌细胞是两个物种,或者一个物种但青出于蓝胜于蓝。打个不太恰当的比方,正常细胞是蚂蚁,吃一点点的树叶,长得慢。癌细胞是蚕,性子急,吃得快长得快。兔子和乌龟赛跑,结果不言而喻。人摄入的食物再少也不管用,癌细胞不讲规则,它抢。营养不够,它就消耗人体内的能量。这时患者会明显消瘦,体内能量的减少让患者更加丧失抵抗癌细胞的能力。从身体快速消瘦开始,人其实就开始节节败退了。

我知道靳子的方法肯定不对,但也没有试图去说服。她是在孤注一掷。她是深思熟虑的,不可能改变主意。

那我在食物上是怎么选择的呢? 我听蒙大夫的话,合理膳食,均衡营养,一切的目标就是培养身体的抵抗力,从而激发自愈力。我们要顺应我们的身体需要,给它滋养的空气、水和食物,不要用烟酒或粗暴的饮食伤它,不要用熬夜或者生气违背它的意愿,我们要让它运动,让它愉悦,让它卫生。我们要尊重它,理解它,照顾它,它是我们灵魂的合伙人,彼此依存,我们要以互惠互利的原则顺利完成一生的合作。在这个原则的基础上,想吃啥吃啥。

过了一段时间,看不到靳子的微信了。那一阵子我还幼稚地想,没有消息就是最好的消息。

## 12

说乳腺癌必然要说到赫赛汀。赫赛汀又名曲妥珠单抗,这个药物在乳腺癌人群中很是有一点名声。赫赛汀是一种靶向治疗药物, 适用于治疗 HER2 过度表达的转移性乳腺癌。赫赛汀能结合 HER2 蛋白的单克隆抗体,准确识别 HER2 蛋白过多的肿瘤细胞,通过人体内的多种作用抑制或杀死肿瘤细胞。大约有 20%~30% 的乳腺癌患者为 HER2 阳性,使用赫赛汀,乳腺癌复发转移风险降低 46%~52%。

赫赛汀,一支只有 440mg 的药品,国内医院里售价高达每支 22375 元。一个治疗周期至少需要注射 14 支赫赛汀,体重大的用得更多。这样算下来,患者在这种"救命药"上的花费高达 30 万元。此药没有纳入医保。绝大部分的家庭经过前期的手术放化疗后, 花费已多, 根本没有经济能力支付这笔费用。癌症基金会有买药赠药的项目,可是审批程序繁复,如果顺利拿到药,总花销在十五六万左右。其实还是用不起。在乳腺癌汹涌袭来的今天,这意味着一个庞大的群体陷入困境。

天无绝人之路。于是代购印度生产的欧美抗癌药仿制药成了癌症群体里的热门话题。

印度仿制的罗氏赫赛汀是国内售价的十五分之一,如果亲自到印度购买,还要便宜。这无疑是一个巨大的诱惑,让所有需要这个药品的患者为之心动。

印度的抗癌药为什么这么便宜呢?这要归功于印度坚定不移地执行"药物强制许可制度",简单地说,就是把西方的专利保护法规扔到一边,为广大低收入者仿制抗癌药物。正宗的印度仿制药品,与专利进口药品,在剂量、效力、质量、作用、安全性、适应性上几乎完全相同。一种药品的研发,耗时多年,投资巨大,必然追求高回报,所以价格高得难以想象。物美价廉的仿制药一方面给穷困患者带来福音,一方面让欧美制药巨头蒙受损失,因此官司不断,仿制不断。

因此有中国人专门去印度做这个生意,或者在网络上代购销售,在中国境内被以涉嫌销售假药罪刑拘。我们通常所说的"假药",一是指疗效层面的假药,另一种是指法律层面的假药。而印度仿制药对于我们国家只是没有药品进口注册证号，是法律层面的假药，对于患者是货真价实的救命药。于是大量的患者为被拘者请愿。病入膏肓的人不管法律，只管活命。

在一次粉红丝带联谊会上，我见到了网络诗人女孩子的母亲，她讲了她亲自到印度购买赫赛汀的经历。

相对于别的乳腺癌家属，这位母亲更加艰辛，她的女儿在乳腺癌的治疗过程中又患躁郁症。而治疗乳腺癌的一些药物的激素与躁郁症药物相抵触，这无疑给两种病的治疗增加了难度和风险。

诗人女孩子适合使用赫赛汀，她的母亲走了购买印度仿制药这条路。通过多方求证，网络代购是一条捷径。这种药对运输和保存有很高的要求，需要低温冷链运输，代购会告诉你用干冰保温就行了。这是救命药，不能有疏忽，除了患者的家人，谁能对你的命百分之百地负责。还有一个方案，自己去印度阿波罗医院官方网站提交邮购赫赛汀的申请，由DHL国际快递低温冷链运输到北京，自己派人去首都机场取药。每个月跑北京还不如跑印度，靠谁都不如靠自己！这位年过半百的母亲针对这种特殊的商品，经过谁的手她都不放心，于是做出了亲自到印度购买赫赛汀的决定。

为此,她专门买了一个冷藏箱,箱体配有调节温度的冰排,冰排预先在家冰冻好,运输过程中密切观察,不断调整数量,将温度严控在2℃至8℃之间。她办签证,和中国人在印度的旅行社联系了接待,订了成都再转新德里的班机。可是从我们生活的城市到成都的班机晚点,误了去新德里的班机,因为买的是打折票,不能改退,又浪费了一张成都到新德里的机票,这位母亲心疼钱,在成都机场掉眼泪。第二天到达印度首都新德里的时候是北京时间凌晨3点左右,印度当地时间12点半左右,印度和国内有三小时左右的时差。出安检以后她到达约定的地点,就看见有人来接了,她对外一直宣称的是到印度旅游而非买药,出门在外要多留一个心眼。旅行社说顾客违反了合同,前一天的费用要顾客出,又花了一天的住宿冤枉钱。第一次拿药,找到了正规的医疗机构,买药倒是顺利的,就是让中国在印度的中间人吃了过水面。她抱着冷藏箱乘飞机返回,路上不停地调节冷藏箱的温度,她怀里抱着女儿的命,像二十多年前怀女儿时那么小心翼翼。从异国他乡飞往自己的女儿身边,她在飞机上一次次哽咽。

　　跑两次后就轻车熟路了,她甩掉了中间人,直接进货。病友们包括柳叶眉开始给她筹备路费,托她带回赫赛汀。印度海关要求每人每次最多能带 10 支药品。这位母亲给病友们帮了忙,省了路费,很是开心。

后来再次见到这位母亲,她看上去苍老了很多,五十多岁的人,头发几乎都白了。但是她可以说精神矍铄,女儿的躁郁症控制住了,精神状态恢复了正常。她们是单亲家庭,女儿的父亲感念她的母爱,又重新做了选择,全家人生活在一起了。她拿出手机让我看女儿最近写的诗,笑出了满脸的皱纹。

她说,不能怪那个抛弃了女儿的小伙子,换位想一下,结婚是一个家庭的事情,哪个家庭能接受一个朝不保夕的媳妇。如果说感情好结婚了有孩子了,再遇到这样的事情,那就另当别论了。我如果有儿子,儿子要娶这样的媳妇,我肯定不同意。我赶紧安慰她说,女儿那么漂亮那么有才,一定会遇到爱她的人的。母亲笑着说,遇到遇不到不重要,一个生了重病的人,有没有爱情不重要,我只要她活着,父母爱她就行了。

什么事情能让人变得宽容、豁达呢?疾病和死亡!

## 13

紧接着微信上就传出了靳子的丈夫在妇女保健医院"医闹"的新闻。

一口棺材停在妇女保健医院的门口,亲属们拉着横幅,放声恸哭。靳子的家属在和院方交涉,彼此相持不下。围观的群众拍摄视频,还加一些背景解说,大部分都是道听途说,煽动情绪,与事实严重不符。

关于靳子在住院期间的治疗方案,我略有了解。问题有一个节点,手术化疗后,靳子的恢复情况比较好,靳子的家属觉得靳子的耐受力比较强,就要求加大放疗剂量。医生根据患者的病情和体重制定了放疗标准,拟采取循序渐进的方式,跟踪放疗的进程,再决定是否适量加大剂量。靳子的放疗进行到四次的时候,出现皮肤灼伤。医生暂停了放疗。可是家属听说中断放疗会影响效果,坚持继续放疗。第五次放疗后,患者从皮肤感染到肺部感染,引起高烧,终止了放疗。再后来就发现肺部转移。

患者家属指责医院,使用大剂量的放疗导致患者肺部感染及肺部转移。

医院里有医患调解办公室,专门处理这一类的纠纷。患者方说,放疗过失导致患者癌转移。院方出示放疗方案原始档案,医生并没有应患者家属要求使用大剂量放疗。患者方认为,院方发现放疗失当后,在治疗档案上动了手脚,要求取证。院方说,至于放疗灼伤,是放疗过程中常见的现象。患者的耐受程度不同,医生没有能力对患者耐受程度量化,医学做不到万无一失。同时,放疗灼伤导致癌转移,更是无稽之谈,没有医学依据。没有医学证据能够说明,肺部转移癌与放疗引起肺部感染有关。一系列问题需要一一澄清,找证据,但医学上的很多事情是弄不清楚的,说穿了,医患之间互相撕扯,猪咬猫猫咬狗,几嘴毛。无果。

医患调解办公室解决不了,医患之间无法沟通无法达成调解协议,就走司法程序。听说这场官司打了很长时间,靳子的丈夫不时到医院去闹,有一个视频让人非常感动,医院的护士们胸前别着粉红丝带,手拉着手站成一排,用身体挡住身后的医生,护士们的脸上身上都是臭鸡蛋。闹得过头了,人们的同情心就转向了,医生又不是故意伤害病人的,没怨没仇,况且是患者家属要求加大剂量的。癌症病人嘛,怎么着也是要死的, 即使没有肺部转移别的地方也是要转移的。这么闹,哪个医生还敢治病啊。后来听说,乳腺科有两个主刀医生辞职了。他们应聘到上海的一家肿瘤医院,工资收入是过去的十倍。

死了的人不能复活。患者家属与医护人员互相撕扯,弱者对弱者的伤害。我想最后不会有什么结果,患者家属有可能得到少量的补偿,但这点补偿拿到手里,该把它怎么用呢? 等于留下了更大的悲伤。在下一个"医闹"出现之前,相对平静了,医院里无论医生还是患者忙得一塌糊涂,没有人再关注已经过去的事情和死去的人。最直接的结果是,一个落后地区的专科医院又失去了两名骨干医生。

医患关系吃紧,医疗纠纷不断,好像就是近十来年的事情。为什么现在这么多的医疗事故,什么样的医疗结果就属于医疗事故,有没有界定的标准,医生能不能以购买医疗事故保险的方式降低医疗事件的赔偿损失?

我就诊的妇女保健医院有一个乳腺癌医患双方共同组成的组织,叫粉红丝带联谊会。"粉红丝带"作为全球乳腺癌防治活动的公认标识，用于宣传乳腺癌"及早预防，及早发现，及早治疗"的理念，足迹遍布全球数十个国家。各国政府亦将每年的10月定为"乳腺癌防治月"。在这次联谊会上，我们听取了医务工作者对医疗改革的一些见解，笔录如下：

医疗事故并非我国独有。医生是人，不是神，是人就会有失误。医疗事故中大多是手术事故。外科手术，是个手工活儿，手术过程中有太多的不确定因素，是医生无法把控的。

医疗事故在欧美国家，或是近邻日本都不鲜见。近期发表的最新数据就显示，在医院发生的医疗事故已成为美国的第三大致死原因，仅次于癌症和心脏病。美国每年25万人死于医疗事故。虽然具备世界顶尖的医疗水平，高发的医疗事故仍旧是美国不能说的"痛处"。1999年，美国医学协会发布了著名的"人非圣贤孰能无过"医疗报告，数据显示，美国每年约有25.1万人死于医疗事故，占当年死亡人数的9.5%。但是，国外几乎没有医闹。因为医患之间不是对立的，彼此没有恶意，患者明白医学的局限性，他们有畅通的保险和法律渠道处理医疗纠纷。

针对看病难看病贵，不明就里且带有强烈不满情绪的老百姓,只能把怨气发泄在医院和医护人员的头上,因为他们每一次的花钱都是在医院发生的,都是医生开的检查单和药物处方累积起来的。一个感冒花几百块钱,一个小手术几千,生个孩子上万。我们买其他东西的时候会讲价,要求打折,谁听说过看病讲价钱的?如果是农村人遇到重大疾病,能拖垮一个家庭甚至一个村子的人,可是最终人死了钱没了。白衣天使眼镜蛇,成了恶的代名词。家里有孩子不报考医学院,学期长门槛高风险大。就是说这个行业是高门槛、高技术、高风险的行业,对医生要求有高度责任心和同情心。而工资收入不能和劳动付出相匹配。医院是自收自支的事业单位,医院必须制订盈利计划,指标层层分解,赢利指标自然要坐实在医生头上,就是说创收的任务放在了医生的肩上。

医疗服务不具有普通商品服务属性,更谈不上商品的三包,医生可以精心帮病人治病,但不能包一定治好,更不能说一定能救病人的命。什么病都包治,什么病人的命都能救,那不是医生,那是神仙。医疗服务是不同于其他服务的特殊的行业,我花了钱点菜饭店你给我上菜,我花了钱买机票,你飞机得把我送到目的地,你把我掉下来,你得赔偿。在医院,我花钱你给我看病,我进来的时候是站着的,后来你把我看死了。对于医生救人救不了命的问题,其实大家都是理解的,患者不理解的是,看病不应该花那么多的钱,不应该求那么多的人,如果人死了钱白花了,家属就生出上当受骗的感觉。医疗改革的结果就是医院商业化了,但同时也把患者推向医生的对立面。

再说靳子的丈夫,靳子的病折磨了他几年,医闹接着折磨,他筋疲力尽了。后来他和医院和解了。失去亲人的悲痛,通过医闹发泄完了。之后他突然发现,亲戚朋友们厌倦了,医院里的所有人对他侧目,过去的病友们也疏远了,甚至连单位的人也改变了过去对他的同情。他陷入了另一种绝望。他拒绝了医院给他的经济补偿,并和靳子的主治医生进行了一次长谈,彼此谅解。如果时间顺序上反过来,把这次心平气和的长谈放在开始,后面的不愉快就不会发生了。

## 14

白舍舍来找我了。我出去练瑜伽，到了小区门口，看见一个人黑黢黢地蹲在地下，一个戴着黑盖头的女人靠在他的肩头，把他当板凳坐着歇息呢。看到我白舍舍站直身子，羞得脸通红。男人把一袋子花椒往我手里塞，说没啥稀罕东西，自己家种的。我知道他们生活的那个地方是一个回族自治州，花椒和羊肉很有名。白舍舍送给我她自己绣的一对枕头套子，是鸳鸯戏水，还有一双鞋垫，是喜鹊登梅。我让他们到家里去，他们不肯。我们就在小区的座椅上聊了一会儿。

白舍舍说他们家里种了花椒，养了羊。羊值钱了，一只能卖千八百。只是卖羊的时候，她不敢看他们的羊。他们的羊都进了兰州的饭馆子，有的做了手抓羊肉，有的做了羊肉泡馍，所以在兰州吃饭，她吃不下。她说到她的一双儿女，说想让他们以后到兰州来上学，城市大了，打工的地方也多，听说现在当一天建筑工能挣 300 元。

白舍舍爱说话了,还比过去胖了一点。无形之中,我把她与靳子做比较。靳子比白舍舍分期早,PR、ER阳性,比白舍舍的预后指标好。可是她太急了,太想打歼灭战了,太想赶尽杀绝了。不是自己太愚蠢,是对手太狡猾。癌细胞这个东西还会休眠,当形势不利于它的时候,它像蛇一样冬眠,蛰伏在一个地方,休养生息。等身体里的药物出现抗药性的时候,它醒了,它积蓄了力量,开始反攻。这个阶段的癌细胞是最疯狂的,它携带了报复的仇恨。癌症患者的死亡率告诉我们,癌细胞比正常细胞有智慧,它会躲藏,会装死,会迂回,兵不厌诈,在这场战争中,如果我们霸王硬上弓或者草率行事,失败的是我们。针对癌细胞,做不到你死我活,都活着,也许是一条好的途径。其实人并不是非让它死,我们只是想活着。靳子受了那么多的罪,花了那么多的钱,挨了两年,可怜最后是饿着肚子走的。

看着眼前的白舍舍,我体会到了自然疗法的好处。我又盼望着在白舍舍身上发生奇迹。白舍舍还在跟我说她的两个孩子。我终于忍不住了,问她到医院检查了没有,情况怎么样。她说到医院了,给蒙大夫和护士们送了花椒,但是没有检查。她说她不认识这个医院之前，一切都是好好的，只是乳房上有个疙瘩。现在乳房没有了疙瘩没有了，还检查个啥。她说，好着呢，好着呢，活得好一点，比活得长一点要好。

我非常惊讶，她不识字，这话是从她嘴里说出来的。她没有汲取各种相关知识的渠道，她是自己悟出来了这个道理。白舍舍，一个农村的回族妇女，真了不起！

他们带来了医院里的消息，一个乳腺科的大夫也得了乳腺癌，她每年都做 B 超，等发现有了，就迟了。这个病根本防不住，也治不好，靳子越治越糟，钱没了人也没了，遭死罪了。看来她也知道靳子走了。最后，白舍舍说，他的男人有话对我说。

男人正了正小白帽，把我拉到一边说：听医院的人说了，你要写病房里的事情。我有一点事情你必须要写进去。他又正了正小白帽，有几分庄严地说，自从阿家婆娘病了，阿就让她上桌吃头一碗饭。阿对庄子里男人们说，不要等家里的婆娘病了才让她们上桌吃头一碗饭。

说完这事他们就走了。男人走在前面，女人跟在后面。男人时不时回过头来看一眼自己的婆娘。

那是我最后一次见白舍舍。她从我家的那条巷道里出去,戴着黑色盖头,迈着碎步,不时地回头来跟我笑,牙齿洁白。

我去医院开药,到乳腺科看下护士们。我打听白舍舍来过没有,他们说没见。我有小白帽丈夫的电话,打了几次没打通,我让护士查一下,他们有没有别的联系方式。小护士打开患者联系档案正要查,我看到护士长给她使了个眼色。小护士马上说,哎哟,我们没有登记白舍舍的联系方式。

我心里明白了。护士有纪律,在患者之间不得传递不好的信息,更不能传播哪一位患者离世的消息。

我在乳腺科住院部的十楼走了两遭,病房、医生办公室、排忧室、理疗室、护士站……护士们依然忙得不可开交,病房里的铃响了,下药了,扎针了,换液体了,理疗了,量体温了,她们精神高度集中,一长排的药物,各有其主,弄错了就是要人命的事。她们的责任重大,可是待遇很低,她们干的是低技术含量的工作,还常常遭到病人或者家属的指责。有一个护士扎针的时候没有一次成功,就挨了家属的耳光。病人和家属不敢得罪医生,护士可以不放在眼里。

我看了一眼我和白舍舍从 ICU 出来后住的病房,在我和白舍舍躺过的病床上,躺着别人。窗台上香水百合开得假模假样没心没肺。下电梯,路经六楼时,我听到白舍舍说:"鸟叫了……"

在我结束了"五年之痒"的那一年,我到甘南采风,路过白舍舍生活过的回族自治州,在一个村庄里,我稍做打听,就在一个坡上找到了小白帽丈夫。他坐在土坡上看羊吃草,怀里还抱着一只小羊。他的眼窝比以前更深了,其他没有什么变化。他说婆娘走在斋月,疼得也不厉害,好着呢。言下之意,按照他们的风俗,走在斋月是吉祥的。他问我好没有,我说好着呢,他说好着就好。离开后,身后传来他唱花儿的声音:

> 天上白云彩挽疙瘩,
> 赛过了才开的棉花,
> 织成个线来织成个布,
> 尕妹妹给缝个汗褡。
> …………

## 15

　　和所有的乳腺癌患者一样,我们喜欢问:"为什么是我?"在我挖空心思从自身找原因的时候,我看到了苏珊·桑塔格。我也把苏珊·桑塔格的书介绍给 L。

　　美国文学家苏珊·桑塔格是个特立独行的文学评论人,43 岁时患上 20 世纪除了感冒以外最平庸、最大众的疾病:乳腺癌。对于突如其来的这个令女人尴尬的疾病,冷静理性的名女人桑塔格也不免惊慌失措。

　　彼时的癌症甚至今天的癌症,大多被认为是心情抑郁疏导不畅的结果。反过来说,得了癌症似乎就可断定此人必然心胸狭窄心情压抑,至于其他原因,要么是身心遭受外界重创,要么是某些心理和身体习惯不当。这些于疾病之外附加的隐喻,往往使患者在遭受病魔缠身的痛苦之外,又增加了纷繁复杂的来自精神和道德方面的压力——愧疚、羞耻、自卑……

　　经历了两年半的治疗,自然也是死去活来。她虽然永远地失去了一只乳房，却携着新作《疾病的隐喻》脱胎换骨重返人间，而《疾病的隐喻》的问世既是对桑塔格的安慰，也是对失去了的那只"乳房"的纪念。

在《疾病的隐喻》中，桑塔格把疾病的隐喻从疾病本身剥离开来，她根据自己的切身经验大声疾呼："正视癌症，就当它不过是一种病而已——尽管是一种重病，但也不过是一种病而已。它不是上苍降下的一种灾祸，不是老天抛下的一项惩罚，不是羞于启齿的一种东西。它没有意义。"

于是，我和我的邻居 L 坐在小区的亭子里，说说桑塔格，也说说我们自己。我和 L 同时认为，疾病或者病人被隐喻，那是疾病和病人以外的事情。对于我们当事人，还是要从自身找出一点原因，为的是调节心理和生理环境，战胜癌症。几年过去了，我们对癌症的认识臻于成熟，癌症的形成是由于基因突变，基因突变的原因三分之二是由于不可预测的 DNA 复制错误，剩下的三分之一归因于生活方式、环境因素和遗传。就是说，癌症患者大部分的原因是运气不好，人的运气差不需要什么原因。

我们也提到白舍舍的那句话，活得好一点还是活得久一点。性命攸关的事情，其实很难决断。所有的人都想活得又好又长。

开春以后,L的花店歇业了。她把拴狗绳塞进我手里,说她要出趟门,也许走很久,请我代管她的狗。

看来她进入了改变的实质性阶段。

希波克拉底在两千四百年前提出著名的"体液学说"。四体液理论不仅是一种病理学说,而且是最早的气质与体质理论。他认为复杂的人体是由血液、黏液、黄胆、黑胆这四种体液组成的,四种体液在人体内的比例不同,形成了人的不同气质。性情急躁、动作迅猛的胆汁质;性情活跃、动作灵敏的多血质;性情沉静、动作迟缓的黏液质;性情脆弱、动作迟钝的抑郁质。每一个人,生理特点以哪一种液体为主,就对应哪一种气质。先天性格表现,会随着后天的客观环境变化而发生调整,性格也会随之发生变化,为后世的医学心理疗法提供了一定的指导基础。人之所以会得病,就是由于四种液体不平衡造成的,而液体失调又是外界因素影响的结果。所以每一个人的身体状况与生活的城市的方向、土壤、气候、风向、水源、水、饮食习惯、生活方式等都有关。如果能及时发现你的体质不适合生活的地方,离开是正确的行动。

我给自己和L的气质归了类,我是多血质,L是抑郁质。这个西北干燥的寒冷的城市不适合她生活。

可是从情感气质上，她能把自己从泥里拔出来吗？不管怎么说，离开一下也许是好的。生活一定有另一种可能，拐过一个弯就豁然开朗，有时候生活就这么简单。"橘生淮南而为橘，生于淮北则为枳"，我期望离开这里的L会有一点改变。

京巴身上的文胸换成了大红色，看见我竟略有羞涩。L拉着拉杆箱走了，出了小区大门，在门口停下来，买了一包糖炒栗子。

我拽着京巴在蓝雁城遛。走到L家的楼下，它仰着头看，一声不叫。

我把爬山虎种到了阳台上，没多久这种好强的植物就爬满了窗台。我又看到那个男人了，他倔强地站着，仰着脸往L的楼上看，好像举行着一场仪式。

想起远方的L。心里无端地厌恶那个举着脑袋的男人。L给了他时光，他给L的只是一条舌头，大不过一个承诺。他用舌头换L的心。而这个舌头他也曾给过别人，比如他的妻子。

他们多少年来都过着这样的日子！他们没有顺着日子过，没有顺着心过，这种拧巴的生活，裂变成他们日子里的癌。

也许 L 拿起了刀，自己给自己做了手术。她把他切出去了吗？

L 去远方一定会遇见另一种可能，她也许会坚持着，执拗着，也许会妥协着，变通着，目的是好好活着。以前日子一大把的时候，可以挥霍，可现在手里攥着的沙子越来越少了，就得数着粒儿地过。

我又往楼下看了一眼，那个男人有些驼背了，头顶上头发稀疏。我把手里浇花的一桶水泼下去，我说，去他妈的。

打开电脑，写点什么。写什么呢？乳房改良根治术？ICU？赫塞汀海外代购？三苯氧胺的副作用？雌激素到底是个什么东西？对于疾病，任何文字都是苍白的，矫情的，局外的，隔靴搔痒的，隔岸观火的，干脆就是无耻的，罢了。转到优酷，看电影，《她比烟花寂寞》。第一次看这个电影时，鼻涕眼泪一把抓。现在看来，算什么呢？无病呻吟。

春天犯困，在沙发上打了个盹儿，我听见 L 对我说：

我走得很远，我绕地球一周去看望我的乳房。我想知道，在这个世界上——谁能把乳房举过头顶？

醒来是个梦，京巴戴着文胸跑过来撒娇，哼哼哼。